新潮文庫

きみの町で

重松　清著

新潮社版

11131

もくじ

きみの町で

電車は走る

よいことわるいことって、なに？

カズオは電車の中にいる。ロングシートの席に座って、さっきから胸をドキドキさせて。

目の前に、二人のおばあさんが立っている。

席をゆずらなくちゃ――。でも、カズオが立ち上がっても、シートには一人分のスペースしか空かない。おばあさん二人のうち、座れるのは一人だけだ。

歳（とし）をとっているほうのおばあさんに声をかけようか。だけど、若く見えるおばあさんは大きな荷物を持っている。遠くの駅まで乗るほうに座ってもらおうと思っても、行き先なんてわからない。二人で話し合って決めればいい？　そんなの、どうやってお願いすればいいんだろう……。

おばあさんたちは、怒っているかもしれない。それとも悲しんでいるのだろうか。

カズオは二人と目が合うのが怖くて、うつむいてしまう。それだけでは足りずに、目もつぶった。座れるおばあさんと座れないおばあさんを分けてしまうのはよくないんだ、と自分に言い聞かせた。そんなの不公平だもの。座れないおばあさんがかわいそうだもの。だったら二人とも座れないほうがすっきりする……はずだ。

電車は走る。ガタゴトと揺れながら、走る。まわりのひとは、カズオのことを「やさしくない子ども」だと思っているかもしれない。ほんとうは違うのに。おばあさんが一人だけなら、すぐに席をゆずってあげたいのに。カズオは胸をドキドキさせたまま、ただじっと目をつぶって、眠ったふりをする。

タケシは電車の中にいる。ロングシートの席に座って、さっきからくちびるをキュッと嚙(か)みしめて。

どうしてオレの前に立つんだよ。目の前にいるおじいさんに文句を言ってやりたい。

おじいさんは、タケシが席をゆずってくれるのを待っているように見える。いつまでたってもタケシが立ち上がらないからムッとしているようにも、見える。

そんなのヤだよ――。だって、オレもちゃんと切符を買って電車に乗ってるんだから。席に座る権利はある。絶対にある。おじいさんに「席をゆずってくれませんか」と頼まれたのならともかく、自分からその権利を捨てるなんて、おかしいじゃないか……。

吊革につかまったおじいさんは、電車が揺れるたびに足をふらつかせて、倒れそうになる。席をゆずってあげたら、きっと喜ぶだろう。でも、電車の中には他にもたくさん座っているひとがいる。小学生のタケシより大きな子どもも、若者も、おとなも、席に座っている。タケシは、たまたま、おじいさんの前に座っているだけだ。なにも自分が席をゆずらなくても、誰かが立ち上がればいい。「目の前にいるひとが席をゆずること」「お年寄りには必ず席をゆずること」と決められているわけでもないのだから、タケシが席を立つ必要なんて、どこにもない……はずだ。

電車は走る。おじいさんは体を危なっかしく揺らしている。まわりのひとはタケシをちらちら見る。「おじいさんを座らせてあげなさい」と無言で伝えているのだろうか。だったら、そう思うひとが席をゆずればいいのに。みんな身勝手だ。ひきょうだ。タケシはくちびるを噛みしめたまま、本を読みはじめた。でも、同じ行を何度も読んだり、ページをとばしてめくったことにしばらく気づかなかったりして、本の内容はちっとも頭に入ってこなかった。

ヒナコは電車の中にいる。ロングシートの席に座って、さっきからため息を何度も飲み込んで。

赤ちゃんを抱っこして、小さなおにいちゃんも連れたお母さんが、目の前に立っている。片手で赤ちゃんのお尻（しり）を支え、片手をおにいちゃんの手とつないで、吊革につかまることもできずに、両足をふんばって、なんとか体を支えている。

席をゆずってあげたい——。いつもなら、ためらうことなく立ち上がって、「ここ、どうぞ」と声をかけているはずだ。

でも、今日はダメ。悪いけど、今日はダメ。ごめんなさい。

頭が痛い。ちょっと気分も悪い。乗り物酔いをしてしまったようだし、背中がゾクゾクして寒けもするから、もしかしたら風邪をひきかけているのかもしれない。こんな体調で席をゆずったら、こっちが倒れてしまう。

お願い、許してください、と心の中で謝った。まわりのひとには頭痛も寒けもわからない。だから、わたしのことを「なんてひどい子どもなんだ」と思っているかもしれない、と想像するだけで、ヒナコは泣きそうになってしまう。

隣の席のおじさんが「どうぞ」とお母さんに席をゆずった。お母さんはホッとした様子で「ありがとうございます」とお礼を言って座った。よかった。ヒナコまでホッとした。

でも、お母さんと入れ替わりにヒナコの目の前に立ったおじさんは、小さく舌打ちをした。

怒ってる――？　わたしのことを――？

違うのに。わたしは席を「ゆずらなかった」のではなく、「ゆずりたくてもゆずれなかった」のに。お願い、わかってください。ノートに『わたしは具合が悪いんです』と書いて、看板みたいに持っていようか。そうすればみんなもわかってくれる。だけど、それも嘘(うそ)だと思われたら……どうしよう……。

電車は走る。ヒナコの降りる駅はまだずっと先だったが、次の駅で降りよう、と決めた。ホームのベンチに座って少し休もう。この電車には、もう乗っていたくない。ヒナコはうつむいた。まぶたが急に熱くなって、涙がぽとんと膝に落ちた。

サユリは電車の中にいる。ロングシートの席に座って、さっきからワクワクした胸の高鳴りをおさえて。

目の前に、松葉杖をついたおねえさんが立っている。骨折したのだろう、左脚に真新しいギプスをつけて、松葉杖を何度も握り直して、揺れる電車の中で立っているのは大変そうだ。

席をゆずろう――。生まれて初めてのことだ。両親や学校の先生に教わった「助け合いの心」を発揮するチャンスを、ずっと待っていた。ついに、やっと、そのときが訪れたのだ。

「あの……ここ、どうぞ!」

立ち上がって、おねえさんに声をかけた。やった。うまく言えた。にっこり笑うこともできた。

おねえさんは小さく会釈をして、座った。

それだけ――?

会釈のときに低い声でぼそっと「あ、どーも」と言ったきり、お礼の言葉も感激の笑顔もない。せっかく勇気を出してゆずってあげたのに、まるでそんなの当然のことだとでも言うように……いや、べつにどっちでもいいんだけど、というほうが近いだろうか。とにかくおねえさんは面倒くさそうに座って、イヤホンで音楽を聴きはじめたのだ。

がっかりした。感謝してくれないんだったら席をゆずらなきゃよかった、と思った。

あーあ、と吊革につかまっていたら、隣に立っていたおばさんが「えらいわねえ」と、にこにこ笑いながらほめてくれた。よかった。ちゃんとわかってくれるひとがいた。まわりのひともこっちを見ている。サユリは胸を張って言った。

「だって、困ってるひとやかわいそうなひとを助けてあげるのは当然のことです！」

おばさんは「そうね、そのとおりね」と――言ってくれなかった。にこにこと笑っていた顔が一瞬こわばったように見えた。まわりのひとたちが目をそらしていることにも気づいた。

どうしてほめてもらえなかったのか、サユリにはわからない。ただ、周囲の空気が急にどんよりと重くなって、なんともいえず居心地が悪くなっていた。

もう、おばさんはサユリに声をかけてこない。おねえさんは音楽を聴きながら雑誌をめくっている。「この子にちゃんとお礼を言いなさいよ」とおばさんが言ってくれればいいのに。まわりのひとも、恩知らずのおねえさんを冷たい目で見てくれればいいのに。でも、なんだか逆に、サユリのほうがみんなに叱(しか)られているような気がしてしかたない。

なんで？　ねえ、なんで——？

電車は走る。サユリは吊革を強く握りしめる。なにがなんだかわからないまま、さっきの一言をおねえさんに聞かれなくてよかったのかもしれないと、ふと思った。なぜそう思ったのかも、わからないまま、だったけれど。


ぼくたちは、みんな、電車の中にいる。「世の中」という名前の電車に乗り合わせた乗客だ、ぼくたちは誰もが。

座っているひともいる。立っているひともいる。重い荷物を提げたひともいれば、身軽なひともいる。「わたしの正しさ」は、乗っているひとの数だけある。でも、それは必ずしも「ほかのひとの正しさ」とは一致しない。なんとなく決まっている「みんなの正しさ」（それを「常識」と呼ぶ）から、「それぞれの正しさ」がはみ出してしまうことだって、ある。

電車は走る。数え切れない「正しさ」は、すれ違ったりぶつかり合ったりしながら、電車に揺られている。床に転がって誰かに踏みつぶされてしまった「正しさ」も、きっとそこにはあるだろう。あなたの「正しさ」はどこにある？　そして、それは誰の「正しさ」と衝突して、誰の「正しさ」と手を取り合っているのだろう。

好き嫌い

きもちって、なに？

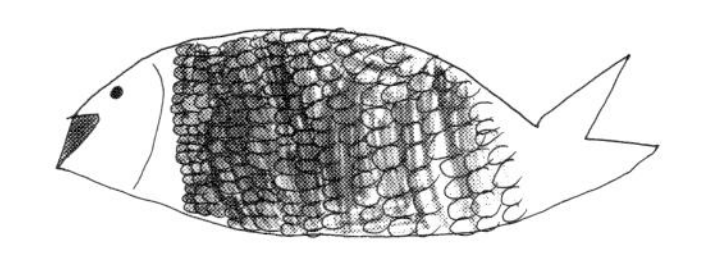

ぼくは同級生のサナエちゃんが好きだ。

それも、友だちとしてフツーの「好き」じゃない。「大、大、大好き」――オトナになったら結婚したいと思うほど。

でも、サナエちゃんはぼくのことをどう思ってるんだろう。ただの同級生の一人？　それとも、サナエちゃんもぼくを特別に……？　わからない。だから、いつも落ち着かない。サナエちゃんが別の男子とおしゃべりしているときには、特に。

ぼくは四年一組のクラス委員だ。クラスの目標を決めるときの学級会では司会をつとめた。満場一致（まんじょういっち）で決まったのは『みんな仲良くしよう』――正しい目標だと思う。でも、サナエちゃんが同級生の男子全員と仲良くするのは、なんとなくイヤだ。サナエちゃんの仲良しの男子は、ぼく一人でいい。ほかの男子はみんな、あっちに行け、と追い払ってやりたい。

なんでだろう。なんで、そんなふうに思うんだろう。ぼくは、ひょっとしたら、すご一く身勝手で、すご一くワガママで、すご一くイヤな奴なんだろうか……。


ぼくには、ミドリという妹がいる。まだ小学校に上がる前のガキンチョだ。

「上が男の子だったから、今度は女の子が欲しかったの。だから、ほんと、よかったわあ」と、ミドリが生まれたあと、ママは遊びに来た友だちに言っていた。だから——なのだろうか、ミドリはいつもママにかわいがられている。日曜日にドライブする行き先も、たいがいミドリのリクエストどおりだ。ぼくが「ええ一っ、また動物園？　たまには遊園地にしようよ」と言っても、ママは「いいじゃない、お兄ちゃんなんだから付き合ってあげなさいよ」と笑うだけ。

お兄ちゃんって損だよなあ、と思う。ママは女の子が欲しかったんだから、ほんとうはぼくが男の子だから嫌いなんだろうか……という気もする。

ある日のこと。ミドリがママに訊いた。

「ねえ、ママ、あたしとお兄ちゃん、どっちが好き？」

ママはにっこり笑って「どっちも好きよ」と答えた。「比べようがないの。ママはどっちも大好き」

　嘘だ嘘だ、そんなの絶対に嘘だ。ぼくは横から口をはさんだ。

「だったら、ぼくとミドリが二人いっぺんに海でおぼれちゃったら、ママはどっちを先に助けるの？」

　ママはちょっと考えてから、「手を思いっきり伸ばして、いっぺんに助けてあげる」と答えた。にっこりと笑っている。でも、その笑顔はビミョーに困っているようにも見えたし、もっとビミョーに悲しんでいるようにも見えた。

　じゃあ、手を伸ばしても届かないほど二人が離れてたら？

　訊きたかったけど、やめた。代わりに、うつむいて、小さな声で「……ごめん」と言うと、ママは黙ってぼくの頭を撫でてくれた。

「ヤスハルって、サナエのことが好きなんじゃないの？」

　コウジに言われた。顔が赤くなったら、「ほら、やっぱりそうだ！　当たった！」とコウジはうれしそうにガッツポーズをして笑った。声が大きすぎる。いまはサナエちゃんは近くにいないけど、女子の誰かに聞こえちゃったらどうするんだ。

コウジはおせっかいで、おしゃべりで、なんでもすぐにおもしろがって大騒ぎする。「好き」か「嫌い」かで分けるなら、たぶん「嫌い」。クラスの目標は、ここでも守れない。

「なあ、オレがサナエに言ってやろうか？　片思いから両思いになれるかもしれないぞ」

ぼくがカッとして「やめろよ！」と怒った声で言うと、コウジはあわてて「ごめんごめん、ごめんっ」と謝る。いつものことだ。コウジは、ぼくに嫌われてることを知らない。だから、しょっちゅう話しかけてきて、ぼくに怒られるとしょんぼりして、でもすぐにケロッとした顔で「ヤスハル、ヤスハル」とまとわりついてくる。

ぼくが、はっきり「おまえのこと嫌いだから」と言わないから――でも、そこまで言うのって……コウジにも優しいところはあるし、マンガの好みも合ってるし、おせっかいな性格がたまに親切になることだってあるし、三日に一日ぐらいは「好き」だと思ってるし……。

「おい、ヤスハル、サナエが来たぞ。ひょうひょうっ」

かんだかい声で冷やかされて、またカッとした。

「関係ないって言ってるだろ、オレ、女子なんてみんな嫌いだから！」

思わず言った。サナエちゃんに聞かれてしまったかもしれない。違うのに。逆なのに。そんなの嘘なのに。あーっ、もう、サイテー……。涙が出そうになった。

サナエちゃんは、最近ぼくに話しかけてこない。女子が集まっておしゃべりしているとき、なんだか、みんなぼくをチラチラ見て、クスクス笑っているような気もする。

まさか——と思った。コウジが「ヤスハルはサナエのことを好きなんだ」と言いふらしたのかもしれない。

あいつなら、ありうる。絶対にそうだ。コウジのせいで、ひどいことになった。カッコ悪い。そんなの、もう、死ぬほどカッコ悪い。ぼくはクラス委員で、勉強もクラスで一番で、スポーツだってわりと得意で……そんなぼくが片思いをみんなに知られて、しかもサナエちゃんにフラれちゃうなんて……ダメだ、絶対にダメだ……。

た。

金曜日。学校帰りにコウジをつかまえて「おまえ、しゃべっただろ」と訊いてみた。

コウジはすぐに「なにも言ってないよ」と首を横に振った。

「嘘つくなよ」

「なに言ってんだよ、信じろよ、オレ、なにも言ってないから」

「……だって……おまえ、嘘つきだから」

ぼくは知っている。コウジはおしゃべりだけど、嘘はつかない。コウジを嘘つきだと言うぼくのほうが嘘つきだ。でも、もう止まらない。「絶交！」と怒鳴って、あいつの肩を突き飛ばしてダッシュした。「ヤスハル！　ちょっと待てよ！」と呼ばれたけど、振り向かなかった。

走った。ランドセルの蓋のマグネットがはずれてめくれ上がるほど、全力疾走した。赤信号の横断歩道まで来て、やっと止まると、そこに――サナエちゃんがいた。

「どうしたの？　ヤスハルくん、なんで走ってるの？」

フツーに訊かれた。学校で話しかけてこなかったのって、たまたま、だったんだろうか。

「あのさ……」思いきって、言った。「コウジがヘンなこと言ったと思うけど、そんなの、嘘だから」

サナエちゃんは、きょとんとした顔で「なに？　それ」と言った。「コウジくんがどうかしたの？」

え――？

信号が青に変わる。ボーゼンとしたぼくは、動けない。

「じゃあね、また明日……っていうか、来週」

サナエちゃんは笑いながら手を振って、一人で横断歩道を渡っていった。


土曜日の朝は早起きをして、パパの車で海に向かった。ひさしぶりにパパと二人で海釣りだ。ミドリとママはいない。まだ小さなミドリには岩場は危ないので、ママと一緒に留守番だ。

ゆうべ、ミドリは「あたしも行きたーい」と泣いた。「お兄ちゃんだけ、ずるーい」とも、泣きながら言っていた。

最初は――ちょっとうれしかった。心の片隅で、やーい、ざまーみろ、とミドリに自慢していた。

　でも、釣りをしているうちに、ミドリのしょんぼりした顔が波間に浮かんできた。

「おい、ヤスハル、引いてるぞ」とパパに言われて、あわててリールを巻き上げると、釣り針には魚じゃなくて海藻がひっかかっていた。なーんだ、とため息をついたら、今度はコウジのしょんぼりした顔も浮かんだ。

「……ねえ、パパ。帰りにサービスエリアに寄るでしょ？　ミドリにおみやげ買っていい？」

　パパは一瞬びっくりした顔になったけど、すぐにハハッと笑って「いいぞ」と言ってくれた。

　コウジにお詫びのおみやげってのは――ヘンだよな、やっぱり。それは、なし。でも、月曜日に学校に行ったら、あいつに……あいつ、ムカつく奴だけど、三日に一日は「好き」だし、あ、でも、ってことは三日に二日は「嫌い」だから、トータルしたら「嫌い」になるんだけど、なんか、そういう算数みたいなのって違うよな、とも思うし……。

　ググッと釣り糸が引っぱられた。リールを一気に巻き上げると、小さな魚が、ピチピチ跳ねながらあがってきた。

どうして、人間には「きもち」があるんだろう。誰かを好きだったり嫌いだったり、うれしくなったり恥ずかしくなったり悔しくなったり悲しくなったりするのは、なぜなんだろう。もしも、人間の心から「きもち」がなくなれば、なやんだり困ったりすることって、ずっと減るんじゃないだろうか。

でも、なんの「きもち」もなく学校に通ったり家で過ごしたりする毎日は、きっとすごく退屈で、すごくつまらないだろうな。「嫌い」なものがゼロになったら気が楽になるはずだけど、引き替えに「好き」なものまでなくなっちゃったら――それって、幸せなことなのかな?

ぼくは知っている

知るって、なに？

六年二組のウンチク王――が、ぼくのあだ名だ。

いろいろなことをたくさん、ぼくは知っている。図書室の本をかたっぱしから読んで、テレビで気になった言葉があるとすぐに百科事典やインターネットで調べて、覚えたことは忘れないようにノートに書きつける。『きおくノート』と名付けたそのノートは、三年生のときからつけはじめて、もう八冊目になった。暇なときにはそれをぱらぱら読み返して、忘れていた事柄を見つけると「あぶない、あぶない」と記憶にきちんと刻み直す。

おかげで、ぼくはクラスの誰よりも物知りになった。戦国時代の武将の名前や、星座にまつわる神話、画数がたくさんある漢字については、担任の先生よりもくわしい。

たったいまも、豊臣秀吉（とよとみひでよし）が天下統一した頃の全国各地の「国」と「大名」の名前を北から順にすべて諳（そら）んじて、昼休みの教室を「おおーっ」とどよめかせたばかりだ。

うれしかった。本を読んで新しいことを知るのは、ほんとうに楽しい。

でも――。

ぼくは教室の隅をちらりと見る。

女子が数人集まっておしゃべりをしている。その中に、カワムラさんもいる。

ぼくはカワムラさんが好きだ。五年生で初めて同じクラスになってから、ずっと。

カワムラさんはどうなんだろう。ときどき「カワムラさんもオレのこと好きなのかな?」と思って胸がときめくけど、「やっぱりオレのことはなんとも思ってないのかなあ……」と落ち込んでしまうときだって多い。

カワムラさんの気持ちがわかればいいのに。心の中をこっそり覗（のぞ）き込んで、好きな男子が誰なのか知ることができるといいのに。

図書室のどの本にも、カワムラさんの心の中は出ていない。戦国時代のことはなんでも知っているぼくなのに、同じ教室にいるカワムラさんの気持ちはナゾのままだ。

　それがちょっと悔しい。

　ぼくのウンチク披露が終わると、昼休みの教室は、別のネタで騒がしくなった。教室の後ろで、ヤマダたちがスドウを相手にプロレスごっこを始めたのだ。

　六年二組には、とても残念で嫌なことだけど、いじめがある。男子の一部――ヤマダのグループが、スドウをしつこくからかったり教科書に落書きをしたり、無理やりプロレスごっこに付き合わせて泣かせたりする。

　いじめはよくない。

　そんなの、誰でも知っている。ヤマダたちだって、学級会で「みんな仲良く」というクラス目標が決まったときには、手を挙げて賛成していた。なのに、あいつらはスドウをいじめる。先生はいつも「いじめはひきょう者のすることだ」「いじめるのは人間として恥ずかしいことだ」と言っていて、ヤマダたちもそれをよく知っているはずなのに、いじめをやめない。

　スドウもスドウだ。「いじめに遭ったら、一人で悩まずに、すぐに先生や親に相談しなさい」と言われていて、自分でもわかっているはずなのに、先生にはなにも言わない。きっと、お父さんやお母さんにも黙っているのだろう。知っていても、それを実行しないんだったら意味がないじゃないか……。

でも――。

ぼくだって、そうだ。いじめがよくないことは知っている。勇気を持っていじめを止めなければいけないことも知っている。目の前でスドウがいじめられているのも見ているし、スドウがとても悲しんでいることだって、ちゃんと知っている。だけど、なにもしていない。スドウを取り囲んでプロレスの技をかけるヤマダたちに、他の友だちと一緒に「ひでーっ」「残酷ーっ」と声をかけることはあっても、それは冗談交じりの口調で、あいつらは逆にウケてるんだと勘違いして、よけい張り切って、授業が始まるチャイムが鳴るまでやめない。

「そんなことやめろよ！」と、なぜ強く言えないんだろう。ヤマダを怒らせたら、今度は自分がスドウの身代わりになってしまいそうだから――？　よけいなことを言うと自分があぶない、と知っているから――？

ときどき思う。もしもぼくが『風の又三郎』みたいな転校生だったら。ある日突然教室にやってきて、すぐにまた別の学校に転校してしまう、そんな立場だったら。

ヤマダに「やめろよ！」と言うだろう。無視されたら、つかみかかってでもやめさせるだろう。ヤマダには子分がたくさんいるというクラスの人間関係や、ヤマダを怒らせると中学生の兄貴まで仕返しにくるという事情をなにも知らなければ、最初に胸に抱いた勇気や正義感を、そのまま、なんの迷いやためらいもなくぶつけられるだろう。どうせまたすぐに転校してしまうのだから、「いま」の憤(いきどお)りだけでまっすぐに行動できるだろう。

でも、ぼくは、ヤマダのいろいろなことを知っているから。ヤマダを怒らせたあとに待ち受けているヤッカイなことも、想像できるから。

知れば知るほど、臆病(おくびょう)になる。先生は「知識を増やすことで、生きる知恵を育てなさい」と言う。いじめに知らん顔をするのも、生きる知恵のひとつなんだろうか。

そんなの、ひきょうな言い訳だよ——ということだって、ぼくは知っているけど。

学校から帰ると、お母さんがこわばった顔で教えてくれた。田舎の病院に入院しているおじいちゃんの具合が急に悪くなったのだという。

翌朝、学校を休んで、飛行機でお父さんのふるさとに向かった。

病室のベッドに横たわったおじいちゃんは、夏休みに会ったときの元気な笑顔が嘘のように、痩せて骨と皮だけになっていた。顔に酸素マスクをかぶせられて、声をかけても返事をしないし、目も開けない。

おじいちゃんは死んでしまうんだろうか。

知っているひとが亡くなるのは、これが初めてだ。心臓が動かなくなるのが死ぬことなんだというのはわかっているけど、おじいちゃんを見つめていると、心拍数とか、脳波とか、血圧とか、そんなことはぜんぶ忘れてしまった。

もう、おじいちゃんと会えなくなる。

おじいちゃんとセミ捕りをしたり、たき火をしたり、トランプをしたり、一緒におもちをついたり……そんなことがぜんぶ、もうなにもできなくなるんだと思うと、胸が急に熱いものでいっぱいになった。

おじいちゃんがいなくなる。いままでいたのに、いなくなる。いなくなったあとは、もう二度と、会えない。

おばあちゃんはおじいちゃんの手をさすりながら、涙まじりに昔の思い出を話し

ていた。ぼくの知らない、お父さんがまだ子どもの頃の話を、たくさん。

おじいちゃんが泳ぎが得意だったことを初めて知った。お父さんに野球を教えたのがおじいちゃんだったことも、歌がへただったことも、シジミの味噌汁が大好物だったことも、ナイターで広島カープが負けると機嫌が悪くなったということも……初めて聞く話ばかりで、その一つひとつが胸にすうっと染み込んでいく。

もっと知りたい。もっともっと、おじいちゃんのことを知りたい。友だちに話して自慢するためじゃなく、「すごいなあ、よく知ってるなあ」と先生をびっくりさせるためでもなく、おじいちゃんとはもう二度と会えないから、おじいちゃんのことを、もっと知りたい。

「おじいちゃんの思い出、忘れるなよ」

お父さんがぼくの肩に手を載せて言った。「みんなが覚えてれば、みんなの思い出の中におじいちゃんはずうっといるんだから」と涙ぐんでつづけた。

「……忘れないってば」

ぼくは言った。家に帰ったら、新しい『きおくノート』をつくろう、そこにおじいちゃんの思い出をたくさん書こう、と決めた。

でも——。
ほんとうはそんなことしなくても忘れないよ、絶対に、と心の中でおじいちゃんに声をかけた。

おじいちゃんのお葬式を終えて、ひさしぶりに登校した。六年二組の教室は、ぼくが学校を休む前となにも変わっていない。カワムラさんはあいかわらず女子で集まっておしゃべりしているし、ヤマダはあいかわらず教室の後ろでスドウをいじめている。

でも——。

ぼくはおじいちゃんとお別れをした。たくさん泣いて、親戚(しんせき)からおじいちゃんの思い出話をたくさん聞いて、たくさん覚えた。ぼくが生まれたという電話を受けたとき、おじいちゃんは受話器を放り投げてバンザイをしてくれたんだと、初めて知った。

ぼくは変わった。自分でもうまく言えないけど、どこかが、なにかが、変わったんだと思う。

カワムラさんをちらりと見た。カワムラさんの六年生の思い出にぼくがたくさん出てくればいいな、と思う。これからの思い出の中にも、ずうっと、いつも、ぼくがいるといいのにな。

「やめてくれよお、痛い痛い痛いって……」

ヤマダにヘッドロックをかけられたスドウが、泣きべそをかきながら声をあげた。ぼくは知っている。スドウの悲しさと悔しさを知っている。そして、自分がなにをしなければいけないかも、ちゃんと。

ぼくは教室の後ろに向かって歩きだす。

がんばれ、とおじいちゃんが言ってくれた。

あの町で

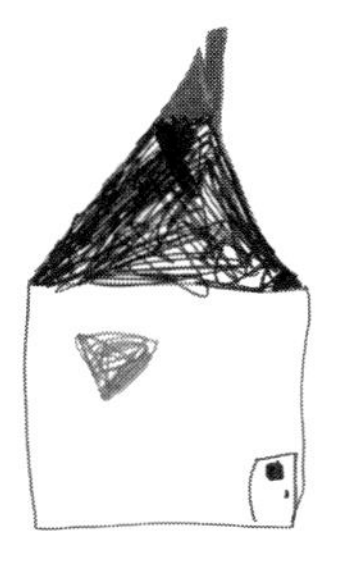

春

あの年の桜について話を聞くと、町のひとたちの反応はきれいに二つに分かれる。

桜が咲いたことを覚えているひとと、そうでないひと――。

覚えているひとの多くは、いままで見たことのない特別な咲き方だった、と言う。

小さなつぼみが日増しにふくらみ、花がほころんで、というあたりまえの順序を踏まずに咲いた。まるで花咲かじいさんのおとぎ話のように、一夜にして満開になった。

もちろん、そんなはずはない。みんなもわかっている。わかっていても、うつむきどおしだった顔をふと上げると、昨日までなかったはずの桜の花が咲き誇っていた、というのが実感だった。

特別だったのは、ほんとうは桜ではない。

あの年の春が特別だったのだ。

三月半ばの金曜日の午後、大地が激しく揺れて、水平線の彼方（かなた）から襲ってきた巨大な波が、町を呑（の）み込んだ。たくさんのひとが命を奪われ、もっとたくさんのひとが家や仕事をうしなった。

桜を忘れていたひとは、三月から四月にかけては花を気に留めるどころではなかった、と首を横に振る。ようやくひと息ついたら夏だったんだ、と寂しそうに笑うひともいる。

だが、そんな年でも、やはり桜は咲いた。厄災に襲われる以前となにも変わらず、四月半ばを過ぎた頃からほころびはじめ、四月の終わりに満開になって、こいのぼりの泳ぐ五月の空に散っていったのだ。

*

桜をめぐる小さな噂話（うわさばなし）が町に流れたのは、次の年の春のことだった。

町で一番の桜の名所で、不思議なできごとがあった。

袖振山（そでふりやま）という公園だ。「山」と呼ばれているが、実際には老人や子どもでも散歩がてら登れる小高い丘だ。何百本と植えられたソメイヨシノが満開を迎えると、ふもとからてっぺんまでピンク色に染め上げられる。

厄災に見舞われたあの年も、袖振山の桜は咲き誇った。例年のように花見客でにぎわうことはなかったものの、盛りの時季の花の色はいつにも増してなまめかしかったという。

そんな桜の中で、一本だけ、ある夜忽然と、花がすべて散り落ちたものがある。じかに見たひとは誰もいない。ひとからひとへ、口から口へと、噂が広がっていったのだ。それがどの樹なのかはわからない。事実かどうかを確かめるすべもない。

それでも、町のひとたちは皆、その話を知っていて、進んで他の誰かにも聞かせようとした。語るひとによって細かいところは少しずつ違っていたが、語り継がれるうちに大まかな筋書きがまとまった。

厄災で家族を亡くした少年の話だ。

*

袖振山という地名は、「袖振る」という古語に由来していた。記紀万葉の時代、手を高く掲げて衣の筒袖をつかんで振るしぐさには、別れを惜しんだり愛情を示したりする意味が込められていたらしい。

町と海を見わたせるこの丘も、古くから袖振る場所として知られていた。丘に立つのは女が多い。子どももいる。皆、漁師の家族だった。港から沖に出て行く小さな舟に袖を振って無事と豊漁を祈り、舟が港に戻ってきたときには満面の笑みでまた袖を振る。

役場がつくった町史にもその由来が記され、漁業で栄えた町ならではの家族愛が誇らしそうに謳（うた）いあげられていた。

だが、「袖振る」には、辞書には出ていないもう一つの意味もある。古代の呪術（じゅじゅつ）で、袖を振ることには、死者や生者の魂を自分の手元に呼び寄せる力がある、という。

袖振山は、ほんとうは、そちらの意味の袖振る場所――海で遭難した漁師だけでなく、水平線のはるか彼方の世界へと旅立ってしまったすべてのひとに、もう一度だけ会いたいと願って袖を振って魂を招く、いわば死者と出会うための場所だったのだ。

＊

その少年は、「袖振る」の由来を知っていたのだろうか。わからない。そもそも少年について、具体的なことはなにも明らかではなかった。名前も。住所も。年格好さえも。ただ、厄災で家族を亡くした彼が、ひとりぼっちで避難所にいたことだけは、誰の話にも共通していた。

少年は毎日、袖振山に登った。丘のてっぺんの桜のそばにたたずみ、ふるさとの町と海を見つめた。

町は瓦礫（がれき）で埋め尽くされ、見る影もなく変わり果てていたが、あの日どす黒く濁っていた海は、すでに元の青に戻って、おだやかに凪（な）いでいる。それが悔しくて、悲しくて、少年の目にはいつも涙が浮かんでいた。

三月の半ば、三月の終わり、四月の初め……。袖振山に通っているうちに、少年は海に向かって手を振るようになった。背筋を伸ばし、両手を高く掲げて、沖に向かって、おーい、おーい、と無言の呼びかけを繰り返す。

声にならないその声は、日を追うにつれて、ものがなしい響きになっていった。

少年はもうじき町を出なくてはならない。都会に暮らす遠い親戚の家に引き取られることが決まったのだ。

おーい、おーい、おーい、と少年は手を振りつづけ、親やきょうだいを呼びつづける。

やがて、桜の花がほころんだ。陽射しは春の温もりをたたえ、丘を吹き渡る風もやわらいできた。

少年が町を出る日も近づいてくる。ふるさとにいつ帰ってこられるのか。それはもはや少年自身に決められることではなかった。

四月の終わり、桜が満開になった日の真夜中に、少年は避難所からこっそり抜け出した。まだ信号や外灯の復旧していない町は、深い暗闇の中に沈んで、まるで水のない海の底のようだった。

少年は袖振山へ向かう。丘にも外灯の明かりはなかったが、満開の桜は夜のとばりにほんのりと白く浮かび上がっていた。

丘のてっぺんにたどり着き、いつもの桜の樹に寄り添って、海を見つめた。厄災で港が壊されたせいで、夜の海に漁火は浮かんでいなかった。星のまたたく夜空よりも、海のほうが暗い。その暗い海よりも、町はさらに暗い。一方、頭上に咲く桜のほの白い明るさは、じわじわと増しているように見える。

あと数時間で夜が明ける。朝日は水平線から昇ってくる。闇が消えて、空と海が青さを取り戻す頃、少年は身の回りのものだけを持って避難所を引き払う。迎えに来た親戚のひとに連れられて、都会へ向かう。今夜が最後。もう、この丘に立つことはない。

両手を大きく振った。おーい、と両親を呼んだ。おーい、おーい、ときょうだいを呼んだ。おーい、おーい、と家族と一緒にいる自分自身にも声をかけた。

頭上でなにかが揺れる気配がした——と気づく間もなく、桜の花びらが次々に舞い落ちてきた。風が吹いているわけではないし、まだ花が散る時季ではない。だが振り仰ぐと、無数の花びらが、蝶がいっせいに飛び立つように梢から離れ、夜空に渦を巻いていた。

落ちてくる花よりも、舞い上がる花のほうが多い。樹の高さを超えてたちのぼる花は、大きく左右にたなびいていた。まるで、少年が振る両手の動きを真似るように。遠い遠い昔の、羽衣のように。

何メートルの高さだろう。海から眺めると、それはどんなふうに見えるのだろう。沖のはるか彼方からでも、水平線の向こうからでも、ほの白い羽衣は見てとれるだろうか。

まわりの樹にはなんの動きもない。少年のそばに立つその一本だけ、途切れることなく花を舞い上がらせる。

おーい、と少年は親を呼ぶ。おーい、おーい、ときょうだいを呼ぶ。おーい、おーい、おーい、と幸せだった日々を呼ぶ。

桜の花は静かに舞い上がり、そして音もなく降りしきる。少年は花に包み込まれた。いや、少年の体を抱き取ったのは、花びらの形すら持たない白い霧だった。

朝日が昇る前に、一度だけ強い風が吹いた。地面に降り積もった花がいっぺんに薄明の空に舞い上がり、海に向かった。

梢が丸裸になった桜の樹が、朝日に照らされる。少年の姿はない。もう避難所にひきあげたのか。そうではないのか。朝の海は静かに凪いでいて、変わり果てた町はもっと静かに一日の始まりを待っていた。

＊

小さなお話は、ぷつん、と途切れる。それを咎めるひとは誰もいないし、話を接ぐのを買って出るひともいない。

親を亡くした子どもが、この町にはたくさんいたんだよ。

一人の老人が、話を終えたあとで長い間をおいて付け加えたその言葉が、いつしか、誰が決めたわけでもなく、袖振山のお話の締めくくりになった。

夏

試合は大きなヤマ場を迎えていた。

七イニングあるうちの五回表だった。六年二組の攻撃は、ワンアウト二、三塁。守備についた六年一組のリードはわずかに一点。マウンドに立つ秀樹(ひでき)が迎える打者は、二組の主砲・大介(だいすけ)……。

逆転に向けて勢いづく二組は、女子の応援にも元気がある。押され気味の一組の女子を、秀樹はちらりと見た。まだ寒い三月、吹きさらしのグラウンドで応援してくれている女子のために——正直に言えば、その中でも特に、ひそかに片思いをしている望美(のぞみ)のために、なんとしてもこのピンチを切り抜けたい。

明日、六年生は卒業式を迎える。五年生の頃からなにかにつけて張り合ってきた一組と二組の野球の対決も、今日で終わる。そして、中学からはお父さんの転勤で仙台に引っ越してしまう望美の前でカッコいいところを見せられるのも、これが最後なのだ。

マウンドに内野陣が集まった。「ヒデ、どうする？」と訊かれた。「大介を敬遠して、ゲッツー狙いにするか？」

秀樹は首を横に振った。もちろん試合には勝ちたい。けれど、それ以上に、大介から逃げたくない。五十メートル走のタイムから、息継ぎなしで泳げる距離、給食の牛乳の早飲み記録に至るまで、二人はライバルなのだ。

「三振をとるから」

きっぱりと言い切った。いまの言葉、望美にも聞いてほしかったなあ、と思った。

守備位置に戻る内野陣を見送っていたら、校舎の外に付けられたスピーカーが甲高いハウリング音を響かせた。

「あー、あー……」

教頭先生のしわがれた声だった。生活指導にうるさくて、おっかない先生だ。

「グラウンドの六年生、至急下校しなさい。明日は卒業式なんだから、明るいうちに早く帰りなさい」

わかっている。三十分ほど前に下校の合図の『遠き山に日は落ちて』が鳴ったときには、みんなで目配(めくば)せして、舌をペロッと出して試合をつづけたのだ。

だが、いまの教頭の怒った口調だと、試合に決着がつくまでねばるのは無理だろう。

せめて、大介との勝負だけでも——。

急いでセットポジションをとると、今度は大介が打席をはずし、両手で×印をつくった。

「ヒデ、ダメだ、もうボール見えない！」

夢中になっていたせいで、言われるまで気づかなかった。日が沈みかけた空はずいぶん暗くなっていた。

「できるできる、早く構えろよ」

秀樹がうながしても、「無理だって。これで試合やったら、俺、損だよ」と言う。

「明日、卒業式のあとで続きやろうぜ」

なんだか、教頭の言葉に乗って逃げられたような気もする。だが、「ボールが見えなくなるまで時間稼ぎしてたんじゃないのか？」とまで言われると、こっちも

「わかったよ、じゃあ明日だ！」と返すしかなかった。

　みんなそろって、一組も二組もなく、男女入り交じって学校を出た。

　校門のすぐ先で、道は二手に分かれる。左に曲がれば海に向かい、右に曲がれば山に向かう。海と山に挟まれた小さな町だ。

　この学校の児童のほとんどは、三叉路（さんさろ）を左に曲がって、魚市場やＪＲの駅がある港のほうに帰っていく。大介も、哲也（てつや）も、則夫（のりお）も、そして望美も、左。数少ない仲間と一緒に右に曲がる秀樹は、こういうときいつも、ただ寂しいというだけではない胸のもやもやを感じてしまう。いまみたいに大介と望美が並んで歩いているときは、特に。

　そのもやもやを振り払いたくて、ことさら元気よく、左に曲がる連中に声をかけた。

「じゃあ、また明日！」

　大介もすぐに振り向いて「おう、じゃあ明日な！」と応（こた）え、その隣で望美が「バイバイ」と笑って手を振ってくれた。

＊

体育館でおこなわれた卒業式は、さんざん繰り返した予行演習どおりだったので、それほどの感動はなかった。

ただ、予行演習のときとは違って、女子の何人かが涙ぐんでいた。望美の目も赤かった。やっぱりかわいいなあ、と秀樹は思う。支店の営業係長だった望美のお父さんは、仙台の本社では課長に出世するらしい。きっと望美も仙台でおしゃれな女子中学生になるのだろう。夏休みには一人で高速バスに乗って仙台に行き、望美に会うつもりだ。田舎者だとバカにしないでくれよな、と祈っている。

卒業証書を受け取って、自分の席に戻るとき、大介と目が合った。お互いに照れ隠しでしかめっつらをして、口の動きだけで伝えた。

じゃあ、あとで――。

卒業式が終わると、いったん家に帰って、午後三時にグラウンドに集合することになっていた。

最後の勝負だ。中学では一緒に野球部に入って、バッテリーを組むことにしていた。ライバルが相棒になる。マンガでおなじみのパターンを自分たちがやるというのが、うれしいような、恥ずかしいような……。だが、その前にとにかく勝負だ。決着をつけてやる。

＊

午後三時前に、大きな地震が町を襲った。ほどなく、沖で発生した津波が防波堤を越えた。濁流となった波は、港の周辺の建物を根こそぎさらって、秀樹や大介の待っていた「あとで」も呑み込んでしまった。

＊

その年の夏、秀樹の家がある山ぎわの集落では、ホタルが例年になく多かった。農薬を使わなくなったからだろう、と秀樹のお父さんは言った。それはつまり、耕作をしなくなった田んぼや畑が増えたということで、もっとさかのぼって理由をたどれば、農地の持ち主がいなくなってしまったから、ということでもある。

町の住民はずいぶん減った。津波で亡くなったひとや行方不明になったひとは、百人を超えた。家を流されたひとたちは身寄りを頼って荒れ野同然の町を離れ、仕事をうしなったひとたちも散り散りになってしまった。

たくさんのひとの、たくさんの「明日」が、ついえた。

卒業式のおこなわれた小学校の体育館は、厄災の翌日から遺体の安置所になって、汚泥(おでい)にまみれた亡きがらが次々に運び込まれた。

晴れがましい笑顔で巣立ったばかりの小学校に、変わり果てた姿で帰ってきた友だちが何人もいる。体育館の壁には「卒業おめでとう」という飾り文字のプレートが、厄災のあとの数日間、掛かったままだったという。

＊

五回表。一組が一点リードで、二組の攻撃はワンアウト二、三塁。

一組と二組の最後の試合はそこで止まったまま、季節がひと巡りした。

＊

二度目の夏は、去年よりさらに多くのホタルが夜の闇を舞った。その盛りの時季が終わった頃、厄災から二度目のお盆に合わせて、小学校に慰霊碑が建立された。

中学二年生になった秀樹も、当時の在校生ということで、同級生とともに除幕式に出席した。遠くの町に引っ越してしまった友だちとは、ひさしぶりの再会になる。

一番会いたかったひとは、式典には姿を見せなかった。

津波でお父さんとお兄さんを喪った望美は、お母さんと二人で、隣町の仮設住宅に住んでいた。その頃は六年一組で仲良しだった優香とメールのやり取りをしていたが、今年の春お母さんが再婚して、仮設住宅を引き払ったあとは連絡がつかなくなった。優香はとても心配していた。望美は中学に入ってからお母さんとケンカが絶えず、悪い先輩とも遊ぶようになっていたという。

厄災さえなければ、望美は栄転したお父さんとともに家族で仙台に引っ越して、どんな中学生活を送っていただろう。いつか、おとなになってからでも、もう一度会えることはあるのだろうか。

いつか、また――。

その約束のはかなさを、秀樹はもう知ってしまったのだけれど。

二番目に会いたかったひととも、話すことはできなかった。黒御影石の碑に彫り込まれた大介の名前は、あまりにも字が堂々としすぎていて、同姓同名の赤の他人のように——もしもそうだったら、どんなにいいだろう。

*

式典が終わると、秀樹は中学の野球部の練習に出た。三年生が七月に引退した。始動したばかりの新チームで、秀樹はエースナンバーの背番号1を勝ち取っていた。相棒役のキャッチャーは、別の小学校から来た笹山という奴だった。野球以外でも気が合うし、いい奴だし、なにより大介より上手い。おまえの負けー、とブルペンでピッチング練習をする合間に空を見上げて、声に出さずにつぶやいた。こんなふうにして、大介は少しずつ遠ざかっていくのだろう。

でも、バッティングはやっぱり大介のほうが上かなあ。空を見たまま首をかしげ、くすぐったそうに笑って、忘れないからな、と自分自身のために語りかけた。

顔を戻す。マウンドの足元の土をスパイクで均し、セットポジションをとった。

あの日、二塁ランナーだった井上は、津波に呑まれて亡くなった。三塁ランナーの片山は両親と祖父母を亡くし、幼い弟とともに親戚に引き取られた。守備に就く一組のメンバーも、半分以上、遠い町に引っ越してしまった。応援の女子もクシの歯が欠けたように減った。それでも、「がんばって！」と、望美の声だけはちゃんと聞こえる。

笹山が怪訝そうに腰を浮かせるのを、手振りで制した。

ワンアウト二、三塁。点差は一点。打席には、幻の大介が、確かに――。

いないんだ、と奥歯を嚙みしめる。

いないんだよ、もう、ずっと。

かすかに震える息をついて、もう一度吸って、ゆっくりと投球動作に入った。

秋

夏の夜にはホタルが舞っていた川に、今年もまた——山並みが紅葉に彩られた頃、しぶきがいくつも立ちのぼった。

鮭が川をのぼっているのだ。

川べりの道を歩いていた若い父親は、それに気づいて足を止めた。

「帰ってきたのか……」

つぶやくと、手をつないでいた幼い娘が、きょとんとして見上げた。

「パパ、いま誰にしゃべったの?」

父親は苦笑して、手短に説明した。

鮭は川で生まれ、海で育って、そして生まれ故郷の川に戻ってくる。いま、しぶきをあげて川をさかのぼっている鮭は、数年前にこの川で生まれ、海でおとなになって、また長い長い旅をして、ふるさとに帰り着いたのだ。

「じゃあ」と娘は言った。「なんにも知らないいんだね、春のこと」

父親は小さくうなずいて答えた。

「そう、なんにも知らないんだ」

「びっくりしてるかなあ」

「そうだな……びっくりしてるだろうなあ」

河口に築かれたコンクリートの防波堤が、崩れ落ちている。川底には、瓦礫が折り重なるように沈んでいる。川の両岸に広がっていた町並みは消えうせて、いまは瓦礫交じりの荒れ野になってしまった。

今年の春、この町は深い悲しみに包まれた。大きな地震が起きて、大きな津波が襲いかかってきて、町並みと多くのひとの命を奪い去ってしまったのだ。

「ねえ、パパ」

娘がぽつりと言った。

「鮭はびっくりして、そのあと、泣いちゃうのかなあ……」

父親は無言で、娘とつないだ手に少し力を込めた。

川の水には毒が溶けている。

＊

地震と津波のあと、この町から数十キロ離れたところにある大きな発電所が爆発して、発電のエネルギーだった物質が毒に変わってしまい、空高く舞い上がったのだ。

目に見えない毒は、風に乗って遠くまで運ばれ、音もにおいもたてずに、山や川や町や田畑に降った。

大量の毒を浴びると生き物は死ぬ。致死量に至らなくても、体は深刻なダメージを受ける。しかも、その毒は一度降り積もると、何十年という時間がたっても完全には消えることがないのだという。

毒の数値が特に高い地域は、住民に避難指示が出され、立ち入りが禁止された。

父親と娘の暮らす町は、ぎりぎりのところで避難地域からはずれた。この町の南側、なだらかな山を一つ越えたあたりに、警察がバリケードを築いた封鎖地点がある。

だが、あの山の向こう側とこちら側に引かれた境界線は、信じるに価（あたい）するのか。町で検出されている毒の数値は国の定める基準値以下で、ただちに健康に影響を与えるものではない、という。それを鵜呑（うの）みにしていいのか。「ただちに」とは、どれくらいの時間を指すのか。「影響」とは、具体的にどんなものなのか。そもそも、公表されている数値はほんとうに正しいのか。

先週、この川の水源の一つになっている湖で獲（と）れたワカサギから、基準値を大きく超える毒が検出された。

鮭たちは、そんなふるさとの川に、長い旅をして帰ってきたのだ。

*

鮭は川をのぼりはじめると、なにも食べない。痩（や）せさらばえ、上下の顎（あご）が曲がって猛々（たけだけ）しい顔つきになり、川底の石にぶつかって全身に傷を負いながら、体力のすべてを使い果たすまで、ただ一心に上流を目指す。

「上流まで着いたら、どうするの？」

娘が訊いた。

「また海に行くの？」

「いや……もう、海には戻らない」

「ずーっと川にいるの？」

父親は首を横に振った。ためらいながら、無理に微笑み(ほほえ)を浮かべて、「鮭の一生はそこで終わるんだ」と言った。

「……死んじゃうってこと？」

黙ってうなずくと、娘は顔をゆがめ、いまにも泣きだしそうな表情になった。

＊

親子で散歩に出るのはひさしぶりだった。

父親自身はともかく、まだ幼い娘を長時間外出させることには、ためらいがないわけではない。保育園でも外遊びの時間はなくなっていた。毒の溜(た)まりやすい砂場はブルーシートで覆(おお)われて使用禁止になり、子どもたちが楽しみにしていた夏のプールも中止された。

あとになってから「じつは……」と言われても取り返しがつかない。そういうことが、この半年間、怒りを超えて脱力してしまうほど何度も繰り返されたのだ。

だが、秋晴れの日曜日の午後、「公園でブランコしたい」と言いだした娘は、珍しくぐずりだした。家の中にこもっているのは、もう限界なのだろう。それを無理に我慢させて「部屋で遊びなさい」とは言えなかった。

車で公園まで連れて行き、しばらくブランコで遊ばせたあと、今度は父親のほうから「あそこの橋までお散歩しようか」と誘って川べりの道を歩きだして、ふるさとに帰ってきた鮭を見つけたのだった。

導かれたのかもしれない。鮭はアイヌの言葉では「神の魚」と呼ばれる。ふるさとの川をさかのぼる鮭も、神さまの使いとして、大切なことを伝えてくれているのかもしれない。

妻──娘の母親は、津波に呑まれて行方不明になっていた。あの日、山の向こうにある工場にパートタイムの勤めに出ていて、難に遭ったのだ。

住民が誰もいなくなり、立ち入りも禁じられた地域では、捜索どころか津波の被害状況を調べることすら難しい。

夏までは、もどかしさに居ても立ってもいられなかった。もしも妻が重傷を負って身動きできずに助けを待っていたら、どうする。せっかく津波から逃れても見殺しにされてしまうのは、一瞬にして命を奪われてしまうよりずっと悲しく、悔しいことではないか。

その一方で、妻が山の向こう側からひょっこり帰ってくるということも、奇跡だとはわかっていても、頭の片隅に確かにあった。

だが、秋も深まりつつあるいま、奇跡はあきらめている。願うのは、早く見つけてやりたい、わが家に帰らせてやりたい、ということだけだ。

娘には「ママは遠くに行っちゃって、なかなか帰ってこられないんだ」と言ってあるが、いつまでもこのままではいられない。「ねえ、まだ?」「ママから電話ないの?」「メール来てない?」と訊かれるたびに胸が痛む。いや、ほんとうは娘も薄々勘づいているのか、最近はそんな問いかけも減っている。

もう、いいじゃないか。最近ずっと考えていた。親戚(しんせき)とも話し合っている。ちゃんと泣かせてやろう。心おきなく悲しませて、ママに「さよなら」を言わせてやろう。そして、もうちょっと大きくなったら、毒を浴びた町のひとたちの無念を伝えたい。

＊

娘が「あそこ――」と川を指差した。

体表が白くなった鮭が、水草の間に沈んでいた。まだ河口からほとんどさかのぼっていない場所だったが、ここで力尽きてしまったのだろう。

その亡きがらを、別の鮭が追い越していく。体をくねらせ、しぶきを立てて、力強く川をのぼる。

「あんなに元気がよくても、やっぱり死んじゃうの？」

悔しそうに、納得がいかない顔をして、娘は訊く。

少しためらったが、父親は「ああ」とうなずいた。「もっと上流までさかのぼって、山のほうまで行って、死んじゃうんだ」

川に溶けた毒は無味無臭で、鮭にもわからないかもしれない。それでも、気づいてくれ、と思う。気づいたとしても、いまさら海に戻ることはできない。できなくても、怒ってほしい。怒りながら川をのぼって、命が尽きる、その瞬間まで、人間の愚かさを赦さずに――。

父親は娘とつないだ手をあらためて握って、「でもな」とつづけた。

「鮭は、川に帰ってきて、結婚するんだ」

「へえーっ」

「結婚して、川の底に卵を産むんだ。だから、春には、たくさん子どもが生まれるんだよ」

「そうなの?」

娘の顔は、たちまち明るくなった。

「ああ、そうだ」

父親は娘から手を離し、肩を抱いた。

やがて、この町にも冬が訪れる。雪景色のなか、川の上流では、命のバトンを渡し終えた鮭が安らかな眠りについているだろう。春になると、卵からかえった鮭の稚魚は、ほんの数センチの小さな体で川をくだり、海に向かって長い旅を始めるだろう。そしてまた、数年後に、毒に穢(けが)された川に帰ってくるのだ。

また一尾、鮭が川をのぼってくる。

「よく帰ってきてくれたよなあ……」

つぶやいて娘の肩を抱き寄せると、「くすぐったーい」と照れくさそうに言われた。

父親の手をはずして川面(かわも)を覗(のぞ)き込んだ娘は、のぼってきた鮭に向かってなのか、水底(みなそこ)に沈む亡きがらに向かってなのか、「お帰りーっ」と声をかけた。

父親は黙って小さくうなずき、膝(ひざ)を折った。娘と目の高さを合わせて、また肩に手を載せる。今度は娘も恥ずかしがらなかった。

「あのな、よーく聞いてほしいんだ……」

父親は、静かに語りかけた。

冬

砂埃をもうもうと舞い上がらせ、地鳴りのような轟音を響かせて、列をなしたダンプカーがゆっくりと走る。

海岸に沿って延びる長い一本道だ。向かって左側が海、右側が町。海と道路との間には、かつて松の防風林があった。道路の右側の町は、イチゴの温室栽培が盛んな一方で住宅地としての人気も高く、沿道にはおとしまで、ビニールハウスと瀟洒な一戸建てがともに整然と並ぶ風景が広がっていた。

「まあ、俺もその頃のこと、自分の目で見たわけじゃないんだけどな」

ダンプのハンドルを握る鈴木さんは、話の最後に言い訳するように付け加え、「でも」とつづけた。「話を聞くと、やっぱりいい町だったらしいなあ」

助手席の誠は黙ったまま、窓の外を見つめていた。相槌ぐらいは打ちたかったが、話を聞いても実感が湧かない。

風景があまりにも変わりすぎている。

松林が消えた。ビニールハウスも消えた。家々はコンクリートの基礎を残して、すべて消えた。高さ十メートルを超える津波がこの地域を襲い、松林をなぎ倒し、町を呑み込んでしまったのだ。

鈴木さんは誠にちらりと目をやって、苦笑交じりに言った。

「嘘みたいだよなあ」

誠も今度は「はい……」とうなずいた。

海から吹きつける風をさえぎるものはなにもない。凍えた真冬の風は、かつて町だった荒れ野に吹きすさぶ。津波は春先に襲いかかった。イチゴの出荷で町が浮き立っている時季だった。あれから、もうすぐ丸二年になる。

*

不意に車体がはずんだ。シートから尻が浮き上がる。窪みにタイヤが落ちてしまったのだ。あわてて窓の上のグリップをつかんだ誠に、鈴木さんは言った。

「兄ちゃん、ダンプのバイト初めてだろ。口をぼーっと開けてたら舌を噛むぞ」

「はい……」

「前のダンプを見てろ。前が揺れたら、三秒後にこっちも揺れる。道が穴ぼこだらけなんだから、そうやって先に準備するんだ」

「舗装しないんですか？」

「これだけのダンプが毎日毎日、朝から晩まで通るんだから、舗装なんてすぐに剝げる」

全部で何台ぐらい、と訊きかけたとき、タイヤがまた窪みに落ちて、ほんとうに舌を嚙みそうになってしまった。

前を走るダンプの荷台には、泥にまみれた屋根瓦が積んである。鈴木さんのダンプはかつて柱や床板だった木材を運ぶ。この道を走るダンプはすべて、津波の被災地の瓦礫を処理施設に運び込んでいるのだ。

たくさんのダンプが駆り出されている。一本道に入る前に誠が目にしたのは、視界の端から端まで数十台のダンプが隊列をつくり、それが延々とつづいているという、まるでシルクロードのキャラバンのような光景だった。

他県ナンバーのダンプも多い。ドライバーもそう。車も人手も足りない。「痔に悪いよなあ、こういう道は」とぼやく鈴木さんも、五十歳を過ぎて、遠い県から働きに来ていた。

だが、パワーショベルやクレーンが扱えるひとはもっと重宝される。誠がダンプの助手のアルバイトに応募して面接を受けたときも、現場を取り仕切る主任に「兄ちゃんもハタチなんだったら、さっさとダイトクを取れよ。あとは講習さえ受ければ、たいがいの建機は動かせるんだから」と勧められた。

ダイトク——大型特殊免許を持っていれば、働き口はいくらでもある。瓦礫の処理にはあと何年もかかるし、新築のビルや住宅の工事も順番待ちで、どこの建設業者も強気に出ているという評判だった。

「バイトの現場、瓦礫処理と新築工事、どっちがいい？」

誠は少し考えてから、「瓦礫のほうにしてください」と答えた。

「へえ、珍しいなあ」

首をひねった主任は「若いモンは未来を見ろよ、未来を」とおどけた。

*

誠の父親は、津波の被害が特に大きかった町の出身だった。数百人にのぼった犠牲者の中に、一人暮らしをしていた祖母もいた。幼い頃から誠をかわいがってくれていた、優しいおばあちゃんだった。

祖母の家は、原形をとどめないほど壊されてしまっていた。

だが、数日後、せめて遺品を少しでも持ちだそうと思って家を訪ねると、瓦礫の山の前――かつて門柱があった土台の上に、梅酒の入った広口瓶が置いてあった。ラベルに記された日付は去年の六月のもので、それは間違いなく祖母の字だったのだ。

捜索をしていた自衛隊や消防のひとが見つけて、そのまま瓦礫に埋もれさせるのが忍びなく、わざわざ置いていってくれたのだろう。

瓶は汚泥にまみれていて、蓋（ふた）のわずかな隙間（すきま）から入り込んだのか、梅酒の表面にはうっすらと油の膜も張っていた。とても飲めるような代物（しろもの）ではなかったが、父親はそれを大事そうにわが家に持ち帰り、いまも台所の床下収納庫の片隅にしまってある。

帰りぎわ、誠は祖母の家の前にたたずみ、瓦礫とあらためて向き合った。テレビのニュースではわかりづらいが、間近に見る瓦礫にはさまざまな色がある。服の色、食器の色、家電製品の色、布団（ふとん）の色、カーテンの色、本の色、壁紙の色……。

誠は瓦礫に手を合わせ、目を閉じて、頭（こうべ）を垂（た）れた。そうしようと意識したわけではなく、自然に体が動いた。おばあちゃんも「ありがとうね」と笑ってくれているはずだ、と思った。いまでも思っている。

＊

処理施設に近づくにつれて、車の流れが滞ってきた。のろのろと進んではすぐに停まり、しばらく待って、また少しだけ進む。

鈴木さんは大きなあくびをして、「あそこ見てみろ」とフロントガラスを指差した。「こっち側の斜め前、ずーっと先のほうだ」

「あそこ」と言われても、枯れ草に覆われた荒れ野は哀（かな）しいほど広々としていて、どこにどうまなざしを据えればいいのかわからない。

「葦(あし)が茂ってるところ、あそこだ、背が高い草がまとまって生えてるだろ」

「ああ、はい……」

遠くのほうに、ひときわ丈のある草むらが見える。そこに大きな水たまりがあるのだと鈴木さんは言った。窪んだ土地に雨水や下水が溜まり、津波から二年がかりで、ちょっとした干潟か湿原のような一画ができたのだ。

「渡り鳥が来てるんだ、そこに」

雁(かり)や鴨(かも)をよく見かける。ダンプはいつもこのあたりで渋滞するので、自然と鳥の姿を探すようにもなっていた。さっきも雁の群れが降り立っていたらしい。

「野鳥の観察、お好きなんですか？」

「そういうわけでもないんだけどな」

瓦礫を運ぶ仕事を始めて、思いだしたことがある、という。古いコマーシャル——中学生の頃にオンエアされていた、ウイスキーのＣＭだった。

「雁風呂(がんぶろ)っていうのを、それで知ったんだ」

雁は木の枝をくわえて海を渡ってくるという言い伝えが、青森県の津軽(つがる)地方にある。渡りの途中で休むときには、海に浮かべたその枝にとまるのだ。陸地が近づくと、用済みになった枝を海岸に落とし、春になって北の国に帰るときには、またそれを口にくわえて海を渡る。だが、雁が帰ってしまったあとも、海岸に残された枝がある。冬の間に死んでしまった雁がくわえていた枝なのだ。津軽のひとたちは、その枝を集めて風呂を焚き、死んだ雁を供養したのだという。

「いろいろ考えてたよなあ、昔の日本人は」

鈴木さんはあきれたように笑ったが、「でも、まあ」とつづけた声には、笑いは溶けていなかった。

「俺たちが毎日毎日運んでる瓦礫は、死んだ雁の木の枝と似てるんじゃないかって、ときどき思うんだよなあ」

「はい……」

「わかるか？」

「……なんとなく、ですけど」

「ここの施設は一日に五百トン以上も燃やせるらしい。それでも追っつかないぐらいたくさん瓦礫が残ってるんだから、たくさん処理できるのはいいことだ、ほんとにな、それは絶対にいいことなんだよ」

勢い込んで言って、ダンプを少しだけ前に走らせ、すぐに停めて、「いいことなんだけどなあ……」と、長く尾を引いた息をつく。

「どうせ燃やすんだったら、それで風呂ぐらい沸かしたっていいのにな」

冗談とも本気ともつかずに言ったとき、葦の茂みから、数羽の雁が飛び立った。

雁は空中できれいにそろった列をつくり、さらに高く飛んでいく。

それをじっと見送った鈴木さんは、目を空に向けたまま、つぶやくように言った。

「瓦礫ってのは、大きく見れば、あれ、ぜんぶ遺品なんだよな……」

誠は黙ってうなずいた。声に出さなかったので気づいてもらえなかったかもしれない。かまわない。誠はいま、鈴木さんではなく自分自身にうなずいて応えたのだ。

前のダンプが動きだす。鈴木さんも顔を戻すと、ダンプを発進させた。のろのろとしたスピードではあっても、さっきまでとは違い、すぐに停まってしまいそうな気配はない。

「ここから先は意外と流れるんだ、いつもな」

少しずつ加速する。前のダンプが右に傾いて大きく揺れる。きっかり三秒後に、鈴木さんのダンプも揺れた。

誰かとウチらとみんなとわたし

いっしょにいきるって、なに？

風邪をこじらせてしまった。のどが痛くて痛くてしょうがない。声はすっかりしわがれてしまって、無理してしゃべると、のどの痛みが頭にまで伝わってしまう。

学校を休もうか。一瞬思ったけど、だめだめだめっ、と自分で打ち消した。熱はないんだし、咳も出ていないし、なにより、いま、五年二組はサバイバルの真っ最中だ。いじめというほどではないけど、女子の間でカゲグチが大流行している。その場にいない子のことを、「けっこうワガママだよね」とか「あの子、先生にヒイキされてると思わない?」とか「男子の前でイイ子ぶってるよね」とか、みんなで言いたい放題だ。

学校を休むわけにはいかない。カゲグチの標的になってはいけない。お母さんに頼んで、「風邪をひいて声が出ないので、授業中にあてないでください」と連絡帳に先生宛の手紙を書いてもらった。できれば、「特別扱いのヒイキだと思われないように、さりげなーく、あてないでください」と書いてほしかったけど、ヒイキだと思われないようにしてもらうことも「それが一番ヒイキじゃん」と言われてしまうかもしれないし、「えーっ？　そんなのヒイキって思うわけないじゃん」と言われて「友だちのこと信じられないのってサイテー」となったら、もっとヤバいことになってしまうはずだし……。

ややこしい。ワケわからない。でも、そのややこしさをうまくクリアしないと、どこのグループにも入れないひとりぼっちになってしまう。

そんなわけで、わたしは口にマスクをつけ、「ごめんね。カゼひいて声が出ないから」のメモを持って、ランドセルを背負った。ふだんよりランドセルが重たく感じたのは、きっと図鑑が入っているせいだろう。

クラスのみんなは「ミッちゃん、だいじょうぶ？」「無理しないほうがいいよ」「なにかあったらフォローするからね」と口々に言ってくれた。

優しくて親切な子がたくさんいる。それは、ほんとうのことだ。五年二組、大好

き。特に九人で組んでいる仲良しグループ、最高。でも、ちょっと疲れる——というのも、ほんとうのこと。

『朝の会』が始まる前に、誰かが「トイレ行くひとーっ」と、「この指とまれ」のポーズをして誘った。グループの残り八人全員、その誘いに乗った。いつものことだ。どうせ九人でトイレに行っても、用を足すのは半分ほどで、残りはみんなトイレの前の廊下でおしゃべりをつづけるだけ。みんな、「ここにいない子」になってカゲグチの標的になってしまうのがイヤなんだ。だからトイレに行きたくなった子は「この指とまれ」をして、他の子も一瞬で状況をチェックして、トイレに付き合うほうが多かったら、そっちに乗る——いまのわたしも、そう。

九人というのが、また、ビミョーに難しい。奇数だから必ず「多いほう」と「少ないほう」に分かれてしまう。それが怖いんだと思う、みんな。八対一になる場面は、まずありえない。七対二や六対三も、ありそうだけど、実際にはない。五対四になったときも、不思議なほど「四」のほうが「じゃ、ウチらもそうしようか」と「五」に合わせる。五対四で分かれたままだと、グループが仲間割れしたみたいになるのがイヤなのかもしれない。だから、グループはいつも九対〇。満場一致（まんじょういっち）。わたしが今日学校を休んで、四対四になってしまったら、どっちがどっちに合わせるんだろう。ちょっと見てみたい気もするけど、どうせわたしのカゲグチで八対○になるだけなんだろうな、とも思う。

いつもいっしょの仲良しグループ——？

ほんとうにそうなのかな。

わたしたちは、仲良しだから、いつもいっしょにいるんだろうか。それとも、いつもいっしょにいなければ不安なほど、じつは仲が悪いんだろうか。

最初のうちは声を出せないことが不便でイライラしていたけど、時間がたつとだいぶ慣れてきて、かえっておもしろさも感じるようになった。聞き役専門、悪くない。おしゃべりに参加できない寂しさが、逆に、わたしの目や耳を敏感にしてくれたようだ。

グループのみんなの、いろんな癖に気づいた。

しゃべるときに必ず「ウチらは……」と言うのは、カノコちゃん。自分のことなのに「ウチら」と複数形にする。「ウチら」って、カノコちゃんと誰のこと——？

一言訊いてみたら、あの子はどう答えるんだろう。

エグっちゃんは、しゃべったあと必ず隣の子に「……って思わない？」と訊く。うなずいてくれる子が欲しいんだ。あの子、気が弱いし。

逆に、サーヤは、話のアタマに必ず「っていうか……」を付ける。前にしゃべった子の言葉を軽く打ち消してから自分がしゃべるわけだ。いかにも負けず嫌いのサーヤらしいけど、話の内容は同じことの繰り返しばかりだ。

スズっちは、グループ以外の誰かのカゲグチが始まると、その子にかんする新情報を次々に教えてくれる。いつもはみんなびっくりしているけど、よーく聞いてみると、話はたいがい「別のクラスの子から聞いたんだけど」や「みんな言ってるんだけど」のパターンだ。でも、「別のクラスの子」って誰のこと？「みんな」って誰と誰と誰と誰のこと――？　アヤしいな、スズっちの話。

ノリコは、別の子がしゃべっているときに相槌を打ちながら、ちらちらとホソちゃんを見ている。ホソちゃんが笑うと、ノリコも笑う。ホソちゃんが「えーっ、そんなことないよお」と言うと、そうそうそう、とうなずく。

逆に、ホソちゃんが話を仕切っていると、モリとシバちゃんはそっと目を見合わせる。なんかヤだね、と二人で確かめ合っているようにも見える。すごい。黙って聞き役専門になっているだけで、わたし以外の八人のことがこんなにわかるなんて。

水泳の授業を見学していると、プールで泳ぐ子のフォームの良し悪しがよくわかる。それと同じかもしれない。

でも、自分が泳いでいるときには、無我夢中で手と足を動かすだけだ。自分のフォームのどこがよくて、どこがよくないのか、自分自身ではなにもわからない。友だちといっしょにいるときのわたしには、どんな癖があるんだろう。


あの子たちのこと、嫌いなの――?

誰かに訊かれたら、絶対に「そんなことないよ」と首を横に振るだろう。だってわたしたち仲良しだもん。

嘘じゃない。グループでいると、とても楽しい。ほんとうに。絶対に。でも、ときどき――たまーに、ちょっとだけ、気のせいかもしれないけど、「仲良し」が重くなる。

じゃあ、もしもホソちゃん&ノリコとモリ&シバちゃんがケンカになっちゃったら、どっちにつく――?

誰かに訊かれたら。

「多いほう」にする、と答えるのかな、わたしは。

だいいち、「誰か」って、あんた、誰よ――。

昼休み、みんなでおしゃべりをしていたら、トイレに行きたくなった。いつもなら「トイレ行くひとーっ」とみんなを誘うところだけど、今日は声が出ない。他の子も、こういうときにかぎって誰もトイレの話はしない。

メモに「トイレ行かない?」と書いて、みんなに見せようか。でも、せっかくみんなで盛り上がっているときにメモを出すのって、ちょっと悪い気もするし、万が一誰も誘いに乗ってくれなかったら、それもすごくイヤだ。

しばらくガマンした。おしゃべりの話題は、別のグループにいるアヤネちゃんのカゲグチだった。カノコちゃんは「ウチらは」を連発して、エグっちゃんが「ってか思わない?」と話を振ると、すぐにサーヤが「っていうか」と同じことを違う言葉で言い直す。スズっちの情報はやっぱり「別のクラスの子」から聞いた話で、ホソちゃんが「マジ？　信じらんない！」とびっくりすると、ノリコもワンテンポ遅れて「信じらんなーい！」と声を張り上げて、モリとシバちゃんはひそかに目配せしていて……わたしは、いてもいなくても変わらないのかな……。

もう、ガマン、限界。必死に声を出して「トイレ、行ってくる」と言って、教室を出た。みんなはおしゃべりに夢中で、「ミッちゃん待って、わたしも行く」と追いかけてくる子は誰もいなかった。

一人で廊下を歩く。胸がドキドキする。わたしのカゲグチが始まるかもしれない。それも確かに怖いけど、胸のドキドキの理由はもっと深いところにあった。わたしの役目は、九人グループの九番目なんだろうか。意見が四対四に分かれたときに、最後の一人がどっちにつくかで「多いほう」が決まる。それが、わたしかもしれない。みんなで盛り上がっているとき、わたしがいてもいなくても変わらないのは、だから——なんだろうか……。

大事な役目じゃん。責任重大じゃん。自分で自分をからかってみたけど、元気が出ない。疲れちゃうなあ、ひとりのほうがずっと楽かもなあ……と、ため息も漏れた。

でも、わたしは知っている。トイレをすませたら、わたしはダッシュで教室に戻るだろう。みんなの意見が割れたときには、「多いほう」を決める最後の一人にならないように、早め早めに誰の味方につくか決めるだろう。そして、風邪が治ったら、またいつものようにおしゃべりに参加して、他の八人の癖は気にならなくなるだろう。

仲良しだから――？　そういうのが、仲良し――？

用足しを終えて洗面所で手を洗っていたら、誰かの声が聞こえた。ムッとした声だから、わたしもムッとした。

だから、「誰か」って、あなたいったい誰なの――？

洗面所の鏡に映る自分の顔を軽くにらんだ。

マスクをつけているので、顔の下半分が隠れてしまって、鏡の中の自分の表情がわからない。

あなた、いま、笑ってるの？　怒ってるの？　それとも、泣いてるの？

ある町に、とても……

自分って、なに?

ある町に、とても子ども思いの父親がいた。

「他人と比べて自分の子どもがどうこうなんて、おかしいだろう。人間は一人ひとり、オンリーワンなんだから」というのが口癖で、その言葉どおり、決してわが子を他人と比べたりはしなかった。

「人生は他人との競争じゃないんだ。いかに自分らしく生きるかが大事なんだよ。そうだろう？」

小学四年生の一人息子の頭を撫でて言う。「だから、自分らしくがんばれ」と励ます。

もっとも、彼の息子は、せっかくの父親の励ましにもきょとんとした顔をするだけだった。

もともと、のんびりした性格の子どもだ。学校で水族館に出かけたときも、クラゲの水槽の前にずーっとたたずんで、ライトアップされた水の中にぷかぷか浮かぶクラゲをうらやましそうに見上げていた。

「ねえ、パパ」

息子は言った。

「ぼく、がんばらなきゃダメなの？」

今度は父親のほうがきょとんとして、「がんばりたくないのか？」と聞き返した。

「だって……がんばるのって、あんまり好きじゃないし」

父親はあきれ顔で笑って、また息子の頭を撫でた。

「がんばり方は、ひとそれぞれでいいんだ。おまえはおまえのペースで、自分らしくがんばればいいんだよ」

ところが、息子は納得できない様子で首をかしげる。

「ぼく、がんばらないほうが楽なんだけど。ぼーっとしてるのがいちばん好きだし、自分らしいと思うし」

父親は、うーん、としばらく考え込んでから、言った。

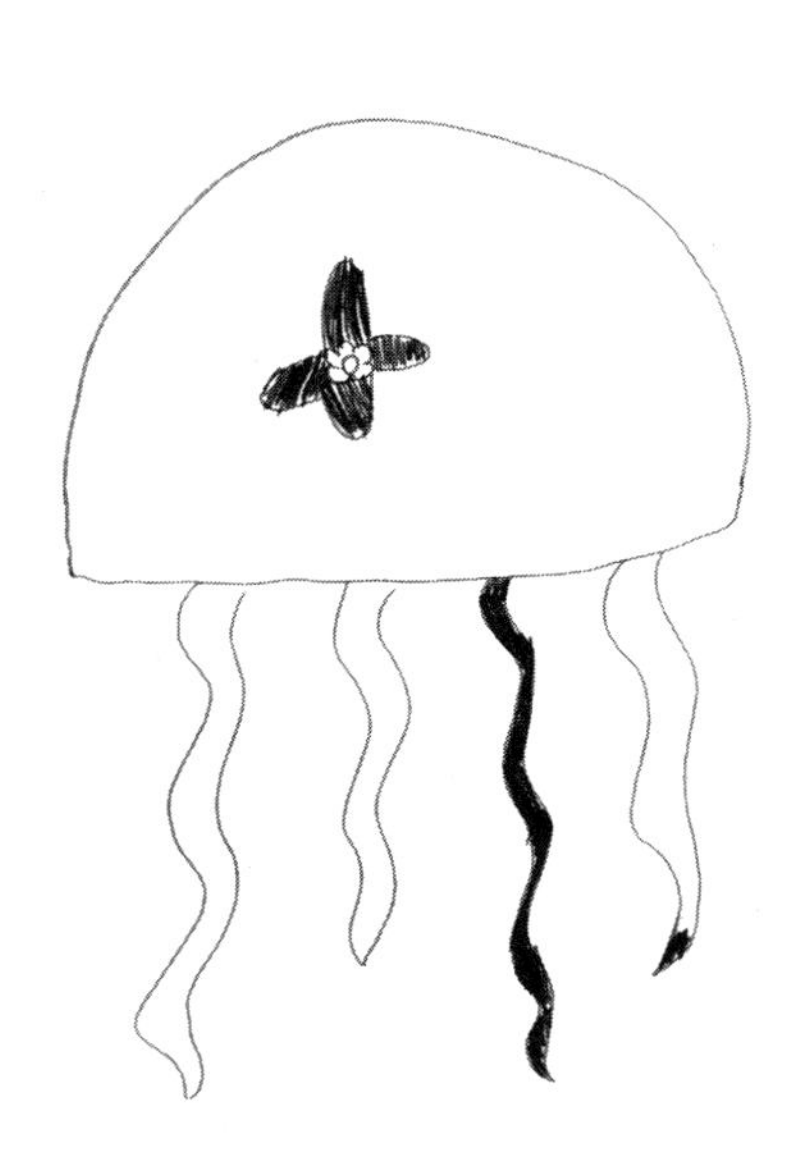

「そんな自分は、ほんとうの自分じゃないと思うけどなあ、パパは」

「がんばれば、ほんとうの自分になれるの？」

「ああ、そうだよ」

「でも、がんばらなきゃなれないものって、ほんとうの自分なの？　がんばらなくても自然になってるのが、自分なんじゃないの？」

とても子ども思いの父親は、顔をしかめて息子の頭から手をどけながら言った。

「屁理屈言うな」


ある町に、とても子ども思いの母親がいた。

娘が生まれてからずっと、事あるごとにビデオカメラを回して、わが子を撮影してきた。

「親が子どもに残してあげなきゃいけないものは、あとになってからでは取り戻すことのできない記録だと思うの」

その持論どおり、彼女はカメラを回しつづけた。七五三や幼稚園の運動会といったイベントはもちろん、公園で遊んだり家でテレビを観たりという、ごくありふれた場面もていねいに記録に残しつづけた。

撮影のときには、いつもズーム機能を使う。モニター画面いっぱいに娘を映す。

「だって、これはウチの子の記録なんだから。ちょっとした表情やしぐさもしっかり撮ってあげたいじゃない。関係ないものを撮ってもしょうがないでしょ」

娘は中学生になった。ここから先の思い出は、娘が自分自身で記憶に刻んでいけばいい。親が子どもにしてやれるのは「幼かった頃の自分」を残しておくことだけで、それはもう、じゅうぶんに果たしてきたという自負もあった。

日曜日、娘に「昔のビデオ観てみない？」と声をかけた。「ほら、懐かしいでしょ、あんたも昔はこんなにちっちゃかったのよ」――幼稚園の運動会のビデオを再生した。

だが、娘はちょっと困った顔で言う。

「なんでこんなにアップにして映したの？」

母親は苦笑して答える。

「いまは照れくさいかもしれないけど、おとなになったら、こういうテープがたくさんあってよかったと思うんだから。子どもの頃の自分と対面するのって、おとなになってからも大事なことなのよ」

「お母さんの言ってることはわかるけど……」

娘はポーズボタンを押してテープを停め、「これを観ても、全然わかんないんだよね」と言った。

「なにが？」

「あの頃どんな友だちがいたのかなあ、って。あと、わたし、みんなの中で背が高いほうだったのかなあ、低いほうだったのかなあ、って」

娘はテレビの画面を指差した。一時停止した映像は、かけっこの場面だった。

「わたし、かけっこで何着だったの？　自分しか映ってないから、なーんにもわからない。そういうのがわからないと、ちっとも面白くないんだよね」

言葉に詰まる母親に、娘は立ち上がりながら言った。

「自分しかいないときの自分って、よくわからないよ」

遊びに行ってくるね——と娘はリビングを出ていった。

部屋に残された母親は、「生意気なんだから、もう」と娘の去ったあとのソファーにひとこと言って、テープの一時停止を解除した。

幼かった頃のわが子が走る。一所懸命に走る。トップを走っているのか誰かを追いかけているのかわからないまま、カメラは娘だけをとらえている。

「いいじゃない、ちゃんと映ってるんだから、こんなに大きく撮ってあげたのに、なに文句言ってるのよ……」

とても子ども思いの母親は、リモコンを手にぶつくさ言いつづける。


ある町に、とても自分思いの少年がいた。

入学したばかりの高校の教室で、少年はクラス一番の「面白い奴（やつ）」の座を射止めた。明るくて、陽気で、冗談ばかりとばす人気者になった。

高校生活のスタートダッシュに成功した。生まれ変わることに成功した。同じ中学から入った友だちが誰もいない高校だからこそ、できた。

ギャグをとばす。みんながどっと笑う。少年は「うっしゃあっ」とおどけてガッツポーズをつくり、そして、誰にもわからないよう、そっと安堵（あんど）のため息をつく。

少年は心の中で、つぶやく。

がんばれ、おまえ——。

「オレ」ではない。「おまえ」だ。

クラス一番の「面白い奴」は、「おまえ」だ。「オレ」ではない。「おまえ」は「オレ」の命令でしゃべって、動いて、「面白い奴」の役割を忠実に果たしているだけだ。高校に入学するときに、「面白い奴」になろうと決めた。その決意どおりに行動して、うまく目的を果たした。すべてがお芝居、計算してやっていることなのだ。

いつからそうなったのか、少年はときどき――傷口のかさぶたをそっとめくるように、思いだす。

中学時代、少年は「暗い奴」と呼ばれて、ひどいいじめに遭っていた。つらかった。死にたいとさえ思った。だから、いじめられているのは「おまえ」なんだと決めた。「いじめられている暗い奴」は「おまえ」で、「オレ」は誰にも傷つけられることなく幸せな日々を過ごしているんだ、と心に刻み込んだ。最悪の選択をせずにすんだのはそのおかげだと信じているし、「面白い奴」になった高校生活で、たまにみんなから「よくやるよ、ほんとにバカだよなあ」と笑われても、それは「おまえ」の責任であって「オレ」とは無関係だから、と割り切ることもできる。

そんな少年が、同級生の少女を好きになった。少年のギャグに、女子の中で誰よりも気持ちよさそうに笑ってくれる子だ。女子の友だちに「ああいう面白いひと、大好き」と話していた、というウワサも聞いた。

だが、彼女は知らないのだ。少年が毎晩「明日はどんなことを言ってみんなを笑わせようか」と必死に考えていることを。みんなの前でギャグを言うタイミングを慎重に計って、うまくウケればほっとして、少しでも反応が悪ければ背筋がひやっとして……放課後にみんなと別れて一人になると、ぐったりと疲れきって、にこりともしない「オレ」を、彼女はなにも知らないのだ。

どうする――？　少年は洗面所で寝る前の歯磨きをしながら、じっと考え込む。いつもどおりの「面白い奴」でいれば、きっと彼女はよろこんでくれる。お芝居をするのは疲れることでも、いままでだってがんばってやってきたのだから、これからだってがんばれる、と思う。

でも、どうする――？　洗面所の鏡に顔が映る。

好きな女の子には、「オレ」を知ってほしい。ほんとうはいろんなことにクヨクヨして、ひとの顔色をうかがって、みんなに嫌われるのが怖くて、いじめられていた頃のことを思いだすといまでもしょんぼりしてしまう、そんな「暗い奴」を……

彼女は好きになってくれるんだろうか?

でも、でも、でも、でも、どうする——?

鏡の中の自分を見つめる。

あれ——?

鏡の中の自分も、自分を見つめる。おどけてニカッと笑うと、鏡の中で「おまえ」も笑う。つまらなそうな顔をすると、鏡の中で「オレ」も表情を曇らせる。

おまえ、どっち——? オレ、どっち——?

途方に暮れた顔で力なく笑うと、鏡の中で「オレ」と「おまえ」が入り混じった。

少年は、「オレ」とも「おまえ」ともつかない表情のまま、しばらく鏡の前にたたずんだ。

そして、とても自分思いの少年は握り拳(こぶし)で胸を軽く叩(たた)いて、もう一度、笑った。

がんばれ——。

オレたち。

のちに作家になったSのお話

自由って、なに？

この小さな本も、そろそろ終わりが近づいてきた。いままで読んでくれてありがとう。

ここでタネあかしをしておこう。この本に収録されたお話は、真ん中にある「あの町で」以外はすべて——つまり、きみがいま読んでいるこのお話も含めて、『こども哲学』というシリーズの付録として書かれたものだ。

全七巻。それぞれに「〇〇って、なに?」というテーマが設けられていた。付録でも、そのテーマを踏まえたお話を書いた。

ぼくは哲学の専門家ではないし、学生時代にきちんと勉強したわけでもない。「難しいなあ、まずいなあ」とつぶやきどおしの仕事になった。なのに、なぜ引き受けたのか。

お話を書くことで、ぼく自身、それぞれのテーマについて考えたかった。そして、一つひとつのテーマと向き合うことで、「哲学って、なに?」という大きな問いの、自分なりの答え(らしきもの)が見つけられれば……と、ひそかに目論(もくろ)んでいたのだ。

最後から二番目のお話になる。

テーマは、タイトルに掲げたとおり「自由って、なに?」――ほんとうに難しい問いかけばかりなのだ、このシリーズは(でも、機会があったら、ぜひ読んでみてください。もともとはフランスで刊行されたもので、日本語版は朝日出版社から出ています。すごく、すごく面白いから)。

どんなお話にしよう。

あれこれ考えたすえに、それまでのお話とはトーンを変えることにした。

ぼくにとって、とても個人的で、とてもたいせつなお話を書こうと思う。

「自由」について考えるための、「不自由」についての短いお話だ。

のちにお話を書く職業に就いた、Sという男のお話でもある。

元号が「昭和」から「平成」に変わった年の、冬の終わりのことだ。Sは二十六歳の誕生日を間近に控えていた。

友だちが、亡くなった。

大学時代から誰よりも親しく付き合ってきた親友だった。

おだやかな性格で、口数は決して多くなかったが、そのぶん誠実な男だった。二年前に結婚をしたときには、たくさんの友人や同僚に心から祝福され、派手なことが苦手な彼は終始はにかんで、でもうれしそうに笑っていた。

そんな彼が、奥さんをのこして、自ら命を絶った。深夜まで降っていた雨があがった、夜明け前のことだった。

電話で彼の死を知らされてから、斎場で永遠のお別れをするまで――いや、彼のなきがらが灰になってからも、Sの胸からは「どうして……」という思いが消えなかった。その思いはひるがえって、自分を責めるナイフにもなった。

死を選ぶまで追い詰められていた彼に、Sはなにもできなかった。そもそも、彼がそこまで苦しんでいたのだということさえ知らなかった。ぽっかりと胸に穴が空いたような、悲しもうにも悲しめない、涙すら流せない別れだった。

お通夜から告別式が終わるまで、まるまる一日、一睡もしなかった。斎場で出された料理にはほとんど箸をつけずに酒ばかり飲んでいた。飲んだそばから醒めていく酔えない酒をあおりながら、まるで自分を守る呪文のように、あいつは勝手に死んだんだ、と心の中でつぶやいていた。

この国の、この社会は「自由」だ。窮屈なことや押しつけられることや理不尽なことはたくさんあっても、誰もが「自由」だ。その「自由」の果てに、自分の命を自分で断ち切る「自由」だって――あるんだよ、とあの日のSはなんとか自分自身を納得させようとしていたのだ。

心のどこかがピンと張り詰めていたのだろう、お別れの儀式がすべて終わったあとも、ちっとも空腹を感じなかったし、ちっとも眠たくならなかった。このままずっと、なにも食べずに徹夜をつづけることもできそうなほどだった。

実際、その夜もSは眠らなかった。なにも食べなかった。涙も出ない。悲しみの感情が高ぶってくれない。もしかしたら、赤く充血した目で徹夜をつづけることや、頬がこけるほど食事を絶つことで、Sはせめてものお詫びを彼に伝えたかったのかもしれない。

でも、三日目の朝、いままで溜まっていた眠気がいっぺんに襲ってきた。服を着たまま、部屋の床に倒れ込んで眠った。目が覚めると、まだ時刻は正午にもなっていなかった。二、三時間しか眠っていなかったのに、不思議と頭はしゃんとしていた。起き上がってひと息つくと、今度は猛烈におなかが空いてきた。ふらふらと家を出て、歩いて数分の最寄り駅まで向かい、駅前の立ち食いそばのお店に入って、てんぷらそばを食べた。卵も入れてもらった。おにぎりも頼んだ。熱々のそばを勢いよく啜って、温かいものがおなかに広がった瞬間——湯気が急に目に染みた。亡くなった友だちの元気だった頃の姿が次々に浮かんできて、ふと気づくと、Sは涙をぼろぼろ流して泣いていた。まわりの客がびっくりした顔でこっちを見ていたけど、それを気にする余裕もなく、Sは泣きながらそばを食べつづけた。

人間って「不自由」だよなあ。

Sは駅から自宅に帰りながら思った。

眠りたくないのに、どうしようもなく眠くなり、なにも食べずにいたいのに、どうしようもなくおなかが空いて、人前で泣くのは恥ずかしいとわかっているのに、どうしようもなく涙が流れてしまう。

ほんとうに「不自由」だ。人間は「自由」に生きることができて、「自由」に死ぬことだってできるはずなのに、どうしてこんなに「不自由」なんだろう……。

でも、ぐっすり眠ったあとは、頭がすっきりとする。

おなかがいっぱいになったあとは、自然と頬がゆるむ。

そして、思いきり泣いたあとは、まるで心がシャワーを浴びたみたいにさっぱりして、足取りが軽くなって、もう一度がんばろうか、という気にもなってくる。

この「不自由」さって、気持ちいいなあ。

Sはよく晴れた空を見上げて、気持ちいいなあ、気持ちいいなあ、と歌うように繰り返しながら、家路をたどったのだ。


それから二年と少しの月日が流れた。

Sは二十八歳になり、父親になった。亡くなった友だちの命日のちょっとあと、桃の花が咲き誇る季節に、赤ん坊が生まれたのだ。

新米パパのSは、おっかなびっくりの手つきで赤ん坊を抱く。赤ん坊の体は想像していたよりもずっとやわらかで、ずっと温かい。体が小さいぶん心臓の鼓動が驚くほど大きく、はっきりと伝わる。どくん、どくん、どくん……生きてるよ、生きてるよ、生きてるよ、と世界中に教えるように、鼓動は刻みつづける。

Ｓは赤ん坊を抱っこしたまま奥さんを振り向き、照れ隠しに笑いながら「これから大変だよなあ」と言った。

「そうよ、しっかりしてよ、もうお父さんなんだから」

奥さんも笑いながら、Ｓを軽くにらんだ。

「うん……わかってる……」

Ｓは窓から空を見上げた。ひさしぶりに亡くなった友だちのことを思いだした。

俺もパパになっちゃったよ、育児とか親の責任とか、これからいろいろと新しい「不自由」を背負い込むんだろうなあ、と苦笑交じりに首をかしげた。

おおい、見えるか、空の上から、俺の赤ちゃんが見えるか？　パパになった俺が見えるか？

おまえは死を選んで、おまえを苦しめてきたものから解放されて、永遠の「自由」を手に入れたのか？　でも、それは、すごく悲しい「自由」なんじゃないのか？

俺は、まだしばらく——少なくとも、この子がおとなになるまでは、こっちにいるよ。こっちの世界には嫌な「不自由」もたくさんあるけど、気持ちいい「不自由」だっていくつもあるんだ。そんな「不自由」を楽しんで、味わって、生きていける「自由」が、俺にはあるから。

おおい、おおい、聞こえるか？　見えるか？　悪いけど、この子が大きくなったら、おまえのことは「『自由』の悲しい使い方の例」として話してやるよ。怒るなよ。怒らないよな、おまえは。おまえはとても優しい奴で、俺たちは誰にも負けないコンビの、親友だったんだからさ。

空から赤ん坊に目を移した。生まれたばかりの赤ん坊は、まだ目はよく見えていないはずなのに、まっすぐにSを見つめていた。Sもそのまなざしを受け止めて、にっこり微笑(ほほえ)んで、生きろよ、生きてくれよ、と心の中で伝えた。

赤ん坊が急に泣きだした。Sはあわてて「よしよし、よしよし」とあやし、その口ぶりやしぐさがおかしくて、奥さんは声をあげて笑った。

ほら——「不自由」って、そんなに悪くない。

Sが書いた初めてのお話が本になったのは、同じ年の夏の終わりだった。

その年からずっと、Sはお話を書きつづけている。お話の中身はそれぞれ違っていても、根っこにあるのは、いつも同じ——「不自由」もあんがい気持ちいいものだよ、ということばかり書いてるんだな、と自分で思う。

もうすぐきみが読み終わる、このお話だって、そう。

気に入ってくれただろうか。ちょっと個人的すぎただろうか。でも、ぼくは、これだけをきみに伝えたいんだ。

ゆっくり「不自由」と付き合っていきなよ。時にはいろんな「不自由」が窮屈だったり、うっとうしかったり、文句をつけたくなったりするかもしれないけれど……どうか、生きることを嫌いにならないで。

哲学というのは、生きることを好きになるためのヒントなんだと、ぼくはいま思っているから。

最後にもう一編だけ、お話を読んでもらう。

ぼくは登場しない。

きみのお話を、書こうと思う。

その日、ぼくが考えたこと

人生って、なに?

テレビのニュースが、悲しい事故を伝えた。ぼくと同じ小学六年生の男の子が、横断歩道を渡っているときに左折したトラックに巻き込まれて、亡くなってしまったのだ。

「かわいそうねえ……」

ホットプレートで肉を焼きながら、お母さんは眉の間にシワを寄せた。

「六年生か。両親もつらいだろうなあ」

お父さんも同情した顔で言って、ビールをすすった。

テレビの画面には、被害者の男の子の顔が映っていた。名前はシュウタくんという。野球帽をかぶり、Vサインをつくって笑っていた。いいヤツっぽいな。もしも同じクラスにいたら、仲良しになっていたかもしれない。

「痛かったと思う？」

ぼくが訊くと、お父さんは「即死だから、そんなの感じる前に死んじゃったんだよ」と答えた。

「即死ってどんなふうに死んじゃうの？　パッと真っ暗になって終わっちゃう感じ？」

「どうなんだろうな。死んだことないからわかんないよ」

お父さんは自分の言葉にハハッと笑ったけど、お母さんは「ちょっと、ごはん食べてるときにそんな話しないで」とぼくたちを軽くにらんで、焼けた肉を「はい、ヒロくん」とぼくの皿に入れてくれた。今夜の夕食は、ぼくの大好物の焼肉――ごはんにタレをつけた肉を載せ、グルッと巻いて一口で頬張るのが、お気に入りの食べ方だ。

でも、口をあーんと開けたとき、シュウタくんのことがふと思い浮かんでしまった。

シュウタくんは事故に遭う寸前まで、まさか自分が死ぬなんて思ってもいなかっただろう。友だちや家族とも、もう会えない。お別れもできない。将来はなにをしたかったんだろう。ぼくと同じようにプロ野球の選手になりたかったんだろうか。もしも事故に遭わなければ、今夜の夕食はなんだっただろう。好きな女の子、いたんだろうか……。

肉とごはんを頬張って、噛みしめた。タレのピリッとした辛さが、さっきより増したような気がする。

「まあ、でも……こうやって家族三人、元気でそろってるのが一番だよなあ」

お父さんが言うと、お母さんも「そうよ、ほんとに幸せなのよ」とうなずいた。

ニュースは海外コーナーに切り替わった。干ばつと飢餓と伝染病に苦しむアフリカの国の話題だった。

ガリガリに痩せて、おなかだけポコンと突き出た幼い女の子が、じっとカメラを見つめていた。顔にはハエが何匹も止まっていたけど、それを手で払う力も、もう残っていないようだった。

お母さんはため息交じりに言った。

「あの子も、別の国に生まれてれば、全然違った人生だったんだろうね……」

お父さんも「だよなあ」とうなずいて、急に険しい顔になった。まるで、にこにこ笑っていてはアフリカの女の子に失礼だ、とでもいうように。

お母さんは、ボウルに入ったサラダをぼくの皿に取り分けた。レタスとキュウリが、どっさり。うげーっ、と顔をしかめると、「お肉ばかり食べるんじゃなくて、野菜も食べなさい」と、少しキツい口調で言われた。

「そうだぞ、ヒロキ、好き嫌いなんてぜいたくだぞ。おいしいごはんが毎日おなかいっぱい食べられるなんて、ほんと、人間にとって一番幸せなことなんだから。残したりしたらバチが当たっちゃうぞ」

お父さんは険しい顔のまま言って、自分のサラダを勢いよく食べた。お父さんだって、さっきまでは食べ残すつもりだったくせに。

テレビでは、現地のお医者さんが医療物資の援助を求めていた。ぼくたちがフッーにお菓子を買うお金があれば、何十人もの子どもたちの命が救えるのだという。

リポーターは「子どもたちの笑顔を取り戻すために、いま、世界各国からの善意が求められているのです」と言って、インタビューをしめくくった。

もしもニッポンに生まれていれば、あの子はおなかいっぱいごはんを食べて、笑顔になるんだろうか。逆に、もしもぼくがあの子の国に生まれていたら、笑えなくなってしまうんだろうか。

「ねえ」ぼくは輪切りのキュウリをフォークで刺しながら言った。「ニッポンに生まれると幸せなの？」

お母さんはすぐに「そりゃあそうよ」と答えたけど、お父さんは「うーん……」と少し考え込んで、「どうなんだろうなあ、よくわからないなあ、それは」と言った。

「なんで？」

「幸せっていうのも、いろいろあるからなあ」

たったいま、ごはんをおなかいっぱい食べられるのが一番の幸せなんだ、と言ったばかりなのに。

ムジュンしている。でも、お父さんの「よくわからない」という答えは、不思議と、よくわかる。

ぼくはふだん、自分を幸せだと感じることはめったにない。「やっぱり幸せなんだろうな」と実感するのは、決まって新聞やテレビで悲しいニュースが伝えられたときだ。自分より不幸なひとがいないと、自分の幸せを実感できないなんて……ちょっとヘンだよな、と思う。

ニュースのあともチャンネルをそのままにしていたら、スペシャル番組が始まった。『ハッピー大家族物語』――番組のタイトルが画面に出た瞬間、ひやっとして、お父さんを横目で見た。

あんのじょう、お父さんはムスッとした様子でリモコンを手に取って、チャンネルを替えた。

子だくさんの家族の生活を紹介する『ハッピー大家族物語』は、学校でもみんなが観（み）ている人気シリーズだけど、「どこが面白いのよ」とお母さんはいつもぶつくさ言うし、お父さんはいつも黙ってチャンネルを替える。

わが家は三人家族――子どもは、ぼく一人だ。ほんとうはもっとたくさん子どもが欲しかったけど、お母さんが体をこわしたので、弟や妹を産むことができなかったのだ。

だから、両親は『ハッピー大家族物語』に出てくる家族が、半分うらやましいのかもしれない。『ハッピー一人っ子物語』という番組がないことが悔しいのかもしれない。

子どもはたくさんいるほうがいい？　一人っ子は寂しくてかわいそう？　一人っ子はワガママ？　世の中には子どもが欲しくても生まれない夫婦もたくさんいる。そういうひとたちは、もっと寂しくて、もっとかわいそう？　テレビ局には『ハッピー子どものいない夫婦物語』をつくろうというひとは誰もいないの？

「ねえ、ウチって、けっこう不幸？」

お父さんはきょとんとして「そんなわけないだろ」と言った。お母さんも「ウチが不幸だったら、世界中、不幸な家だらけになっちゃうじゃない」と笑った。

訊き方を間違えた。ぼくはこう訊くべきだった。

子どもがもう一人いたら、もっと幸せだった――？

質問をやり直そうかと思ったけど、やめた。二人に「うん」と言われても、「そんなことないよ」と言われても、なんだか悲しくなってしまいそうだから。

夕食を終えると、飼い犬のシロを散歩に連れて行った。ぼくが生まれる前からわが家にいるシロは、もうすっかりおじいちゃんで、歩き方も弱々しくなった。お父さんが車で高原のドッグランに連れて行っても、もう走りまわったりはしない。リードをはずしてもらっても、ぼくたちから離れようとせず、ただシッポをゆっくり振るだけだ。

いつもの散歩コース――団地の中を通った。昔のシロはリードをぐいぐいひっぱっていたのに、いまはリードはずっとたるんだままで、すぐに立ち止まってしまう。

あと何年かすれば、シロとお別れをするときが来るだろう。ご先祖さまはシベリアでソリをひいていたというシロは、こんな蒸し暑いニッポンで一生を終えることを悲しみながら死んでいくのだろうか。それとも「長い間かわいがってもらって幸せでした」と思ってくれるのだろうか。お父さんとお母さんは、ぼくがオトナになるまでに家族でシベリア旅行に行く計画を立てている。シロの写真も持って行って、せめて写真だけでもふるさとに帰らせてあげるんだと言ってるけど……シロは知らないだろうな。

そろそろ帰ろう。お母さんにも「今夜の散歩は短めでいいからね」と言われている。

ターンして、団地の建物を見上げた。何十もの窓が同じ間隔で並んでいる。ほとんどの窓に明かりが灯って、どこの家でも夕食後のひとときを過ごしているのだろう。

あの建物の中にたくさんのひとが暮らしているんだな、とあらためて気づいた。ウチよりも幸せな家族もあるし、不幸な家族もあるんだろうな。でも、ほんとうは、そんなのは一瞬一瞬で変わって、幸せになったり不幸せになったりを繰り返すものなのかな。シュウタくんの短い人生は、最後の最後は不幸せだったけど、それまでは幸せだったら、いいな。アフリカの女の子も、テレビカメラの回っていないところで笑っていてくれたら、いいな。

そんなこと、ふだんは考えないけど。

今日は特別な一日だから、たまにはいいよな、と思う。

ぼくは歩きだす。シロも帰り道のほうが元気になって、リードをひっぱって先を進む。

家に帰ると、テーブルにはケーキが置いてあるだろう。ロウソクに火を灯し、部屋の明かりが消えると、十二本のロウソクに照らされたお父さんとお母さんの顔は、にこにこ笑っているだろう。

今日は、ぼくの誕生日だ。

文庫版のためのあとがき

作中でもチラッと語っているのだが、本書の成り立ちは、いわゆる「掌編小説集」とは、やや違っている。

フランスで刊行された『こども哲学』シリーズの日本語版刊行にあたって、不肖シゲマツが監修を務めることになった。しかし、僕はフランス語も哲学も門外漢である。訳文を読んで自分なりの意見は申し上げるにしても、それだけではどうも、読みごたえたっぷりの同シリーズとその読者に対し、礼を失しているのではないか……という思いがあった。

僕に声をかけてくれた朝日出版社の赤井茂樹さんも同様のことを思っていたのだろう、「各巻にオリジナルの『おまけの話』をつけないか」という、ずいぶん厄介な――しかし、すこぶる魅力的な誘いをかけてきたのである。

迷ったすえ、お引き受けした。各巻のテーマに沿って、本文とダブらない切り口で、短いお話を書いた。やってみると、予想していたよりもずっと大変で、だからこそ予想以上にやりがいのある仕事になった。

このたびの文庫化に際して、一編ずつにそれっぽいタイトルを付けたものの、もともとの「おまけの話」にはタイトルすらなかった。あくまでも『こども哲学』の本文を読んでくださった人に、その流れで、いわばカーテンコールのように自分のお話を愉しんでいただければ……という思いで書いたのだ。

ゆえに、収録作の中には、フィクションのお話としては破格の構成をしているものもある。それについてはお叱りを受けるかもしれないが、書き手としては、そもそもの成り立ちの経緯を消してしまうような改稿はしたくなかった。ご理解をいただければ幸いである。

『こども哲学』全七巻は、二〇〇六年から二〇〇七年にかけて刊行された。「おまけの話」はシリーズ完結とともに役目を果たしたことになるし、分量からも単行本にはならないだろうと思っていた。

しかし、赤井さんはシリーズ完結の頃から「単行本にしないか?」と言ってくれた。赤井さんとともに編集の任にあたっていた鈴木久仁子さんも、書き手として面映(おもは)ゆいほどの高い評価を七編の「おまけの話」に寄せてくれていた。

そのお誘いに応(こた)えて二〇一三年に本書の単行本版が刊行された背景には、東日本大震災があった。「東日本大震災をめぐる掌編を一緒に収めるなら、これは『生きること』をめぐる一冊になりうるかもしれない」と考えたのである。

東日本大震災は、お話の書き手としての自分を大きく揺さぶった。ルポルタージュやドキュメンタリーの仕事で繰り返し取材を続け、震災を遠景や近景に置いたお話をいくつも書いてきた。その根っこにあるのは、じつは自分に『こども哲学』の「おまけの話」を書きつづけさせたものと同じかもしれない。

『こども哲学』の「おまけの話」を引き受けた一番の理由について書いておく。

委細は、各編の扉や巻末の初出一覧の頁(ページ)で確認していただきたいのだが、僕はなにより、このシリーズの「問い」が魅力的だと感じたのだった。

いまは朝日出版社を離れてご活躍中の赤井茂樹さん、いまも同社の担当編集者としてお世話になっている鈴木久仁子さん、素敵な「問い」を僕に与えてくれて、ほんとうにありがとうございました。

単行本版では、有山達也さんと岩渕恵子さんに造本と装丁を手がけていただき、カバーの装画と本文の挿画は、ミロコマチコさんに描いていただいた。文庫版のあとがきで言うのはナンだとは思うが、単行本版の『きみの町で』も、ミロコマチコさんのファンならとりわけ、是非一度……。


というわけで、新潮文庫版では、ビジュアルの発想をガラッと変えることになった。「子どもたちに描いてもらいませんか」というアイデアを出してくれた担当編集の大島有美子さん、新潮社装幀部の大滝裕子さん、ありがとうございました。

真ん中に挟まれた「あの町で」の掌編四本は、当時「小説新潮」にいらした松本太郎さんにお世話になった。

松本さんには『ポニーテール』という連作長編の雑誌連載も担当してもらった。同作の最終回をメールで送った三十分後に東日本大震災が起きた。それを思うと、松本さんに「あの町で」を担当していただいたのは必然だったのかもしれない。ありがとうございました。

そしてなにより、読んでくださった人に、心からの感謝を。

二〇一九年四月

重松清

絵を描いてくださった皆さん（五十音順・敬称略）
猪又梓、猪又梢、沖山奈美、沖山美音、上山彩音、窪内諒、窪内航、
高野真央、高野美緒、長澤京、平山晄、宮川陽、宮川和

ありがとうございました。みんな、たくさん笑って、ときどき落ち込んで、迷って悩んで、でもごはんをしっかり食べて、ゆっくり眠って、それぞれのペースで大きくなってください。（重松清）

初出一覧

電車は走る
『こども哲学　よいこととわるいことって、なに?』(2006年5月　朝日出版社)
好き嫌い
『こども哲学　きもちって、なに?』(2006年5月　朝日出版社)
ぼくは知っている
『こども哲学　知るって、なに?』(2007年1月　朝日出版社)
あの町で
「小説新潮」(2013年4月号　新潮社)
誰かとウチらとみんなとわたし
『こども哲学　いっしょにいきるって、なに?』(2006年9月　朝日出版社)
ある町に、とても……
『こども哲学　自分って、なに?』(2007年1月　朝日出版社)
のちに作家になったSのお話
『こども哲学　自由って、なに?』(2007年3月　朝日出版社)
その日、ぼくが考えたこと
『こども哲学　人生って、なに?』(2006年9月　朝日出版社)

※『こども哲学』に収録の作品は、いずれも初出「おまけの話」を文庫化にあたって改題しました。単行本『きみの町で』は、ミロコマチコさんの絵とともに、2013年5月に朝日出版社より刊行されました。

重松 清著

せんせい。

大人になったからこそわかる、あのとき先生が教えてくれたこと――。時を経て心を通わせる教師と教え子の、ほろ苦い六つの物語。

重松 清著

ロング・ロング・アゴー

いつか、もう一度会えるよね――初恋の相手、忘れられない幼なじみ、子どもの頃の自分。再会という小さな奇跡を描く六つの物語。

重松 清著

星のかけら

六年生のユウキは不思議なお守り「星のかけら」を探しにいった夜、ある女の子に出会う。命について考え、成長していく少年の物語。

重松 清著

ゼツメツ少年

毎日出版文化賞受賞

センセイ、僕たちを助けて。学校や家で居場所を失った少年たちが逃げ込んだ先は――。物語の力を問う、驚きと感涙の傑作。

重松 清著

一人っ子同盟

兄を亡くしたノブと、母と二人暮らしのハム子は六年生。きょうだいのいない彼らは同盟を結ぶが。切なさに涙にじむ〝あの頃〟の物語。

重松 清著

たんぽぽ団地のひみつ

祖父の住む団地を訪ねた六年生の杏奈は、時空を超えた冒険に巻き込まれる。幸せすぎる結末が待つ家族と友情のミラクルストーリー。

きみの町(まち)で

新潮文庫　し-43-28

令和元年七月一日発行
令和三年十月二十五日五刷

著者　重松(しげまつ)清(きよし)

発行者　佐藤隆信

発行所　株式会社新潮社

郵便番号　一六二―八七一一
東京都新宿区矢来町七一
電話　編集部(〇三)三二六六―五四四〇
読者係(〇三)三二六六―五一一一
https://www.shinchosha.co.jp

価格はカバーに表示してあります。

乱丁・落丁本は、ご面倒ですが小社読者係宛ご送付ください。送料小社負担にてお取替えいたします。

印刷・株式会社光邦　製本・株式会社大進堂

ISBN978-4-10-134938-1 C0193